¡No emprenyeu el comissari!

Assessors de la col·lecció:
Rosa Giner i Joan E. Pellicer

Ferran Torrent

¡No emprenyeu el comissari!

Introducció, propostes de treball i glossari
a cura de Salvador Caudeli

El Grill
Tres i Quatre

ISBN: 84-7502-361-4

Pérez Bayer, 11. 46002 València
Coberta: Antoni Payà
Primera edició dins d'«El Grill»: setembre, 1992
Segona edició: octubre, 1992
Tercera edició: setembre, 1993
Quarta edició: març, 1994
Cinquena edició: novembre, 1994
Sisena edició: maig, 1995
Setena edició: juny, 1996
Composició tipogràfica: Germania
Dipòsit legal: V-2119-1996
Imprès a Graffiti XXI - Benetússer

INTRODUCCIÓ

Com a gènere literari, la novel·la policíaca és bastant recent.

O millor hauríem de parlar de subgènere, ja que molts escriptors consideren aquest tipus de narrativa com de segon ordre. Siga com siga, plomes de la categoria de Raymond Chandler han passat a les enciclopèdies com a grans conreadors d'aquest gènere, o subgènere, com vulgueu.

La cruesa i sang freda d'homes durs aparentment insensibles i que es mouen entre la corrupció i la violència, són els trets de més relleu d'aquest tipus de novel·la. Al capdavall, els protagonistes deixen de ser policies i gàngsters, per convertir-se en éssers problemàtics, endurits per un cúmul de circumstàncies que els fan simpàtics al lector.

Com a obres capdavanteres d'aquesta mena de novel·les podem citar *Els crims del carrer Morgue* d'Edgar Allan Poe, els relats de Conan Doyle oferts mitjançant el seu inefable Sherlock Holmes, i els personatges d'Agatha Christie, sens dubte la novel·lista més llegida de tots aquells que s'hi han dedicat.

El gènere policíac, d'enigma, va entrar a la nostra cultura a través de les traduccions. Als anys vint trobem editades al català tant les aventures de Sherlock Holmes com alguns títols francesos i britànics. Abans de la guerra, també, alguns autors, com ara Antoni Careta i Vidal, Cèsar-August Jordana i una joveníssima Mercè Rodoreda, assagen el gènere. Però no és fins el 1954 quan pren el gènere cos a casa nostra amb *Es vessa una sang fàcil*, de Manuel de Pedrolo, datada dos anys abans, el 1952.

A Manuel de Pedrolo, doncs, i també a Rafael Tasis (que escriu *La Biblia valenciana*, a la qual seguiran *És hora de plegar* i *Un crim al Paral·lel* a l'exili de París el 1944, però que no publica fins 1955), devem la implantació definitiva del gènere en la nostra producció literària. La intenció bàsica que determina la presència d'aquest gènere en la producció catalana del moment es manifesta en la necessitat d'oferir una novel·lística d'entreteniment que introduesca en el mercat editorial noves ofertes destinades a un nou públic lector.

A més de Pedrolo i Tasis, les traduccions publicades en la col·lecció «La cua de palla» (coordinades pel mateix Pedrolo) constitueixen un precedent que va influir en els autors actuals; i, és clar, també hi va col·laborar decisivament el cinema negre nord-americà. Més endavant, la televisió ha vingut a reforçar aquells fonaments.

Però ben bé podem dir que el gènere no arrela amb força entre autors catalans fins a les darreries dels setanta i inicis dels vuitanta. Es llavors quan comencen a sonar els noms de Jaume Fuster, Ramon Planes i Núria Mínguez, entre altres.

I serà cap als anys vuitanta quan s'arribarà a la situació actual, que registra la incorporació d'una llista de nous autors bastant significativa: Antoni Serra, Guillem Frontera, Llorenç Capellà, Maria Antònia Oliver, Ferran Torrent, Miquel Porter, Xavier Moret, Josep Palau i Camps...

Ferran Torrent, l'autor que ens ocupa, naix a Sedaví el 1951. Alumne del col·legi de Jesuïtes de València, posteriorment va cursar estudis de Dret a la Universitat de la mateixa ciutat.

Ha treballat per a la revista *El Temps*, Catalunya Ràdio i *Papers*. Ha col·laborat també als diaris *El País*,

Cambio 16, *Avui*, *Diari de Barcelona* i *Punt diari de Girona*. Pertany a la Unió de Periodistes del País Valencià, a l'Associació d'Escriptors en Llengua Catalana i al PEN Club Català.

El 1983, conjuntament amb Josep Lluís Seguí, publica la seua primera novel·la: *La gola del llop*; un any després, *No emprenyeu el comissari*; el 1985, *Penja els guants, Butxana*. En 1987 veu la llum la seua quarta novel·la: *Un negre amb un saxo*, i el 1989, la seua darrera publicació, per ara, *Cavall i rei*.

Darrerament, Ferran Torrent ha vist traduïdes al francès les seues tres últimes novel·les, i Francesc Bellmunt va dur a la pantalla *Un negre amb un saxo*, amb un notable èxit de públic i crítica.

No emprenyeu el comissari és una novel·la urbana que té com a escenari la ciutat de València. La societat urbana hi és retratada amb tot el realisme crític que caracteritza la producció dels novel·listes negres: angoixant moviment laboral a les hores punta, cues que s'allarguen en excés, gent amb cara de no haver menjat en tres dies... El recorregut pel paisatge urbà que ens hi ofereix és molt descriptiu, amb pinzellades d'un realisme que posa de manifest l'estreta relació entre el producte literari i la societat en què aquest es genera.

La tasca periodística desenvolupada per l'autor de *No emprenyeu el comissari* indica en quina mesura estava relacionat o havia viscut els ambients marginals de la ciutat, que en aquesta novel·la retrata de manera admirable, amb gran luxe de detalls. El llenguatge, amb les expressions col·loquials i d'argot fan un conjunt de maneres de parlar molt novedós i que respon a utilitzacions literàries que fins ara trobàvem a faltar.

Torrent ha anat evolucionant en la seua manera d'escriure. Ara, cada vegada li interessen menys les trames, i el desenrotllament dels arguments, i més, per contra, les descripcions ambientals i sociològiques. A través del gènere negre Torrent ha denunciat alguns vicis de la societat valenciana, distorsionant la realitat amb un humor dur i alhora agredolç.

En català, F. Torrent és un dels autors valencians actuals més populars. Ha aconseguit que els seus personatges, Butxana i Barrera, hagen esdevingut arquetips, que siguen molt coneguts a la nostra àrea lingüística i que es facen un lloc en la novel·la negra contemporània.

Salvador CAUDELI

A Mateu Torrent, per la seua memòria

I també a Josep-Lluís Seguí i Marc Granell, amics, i, tanmateix, escriptors admirats

Xiquets, la societat està dividida en dues classes: els que tenen diners i els que no perden l'esperança de tenir-ne.

I el que diga el contrari que ho demostre.

1

La roba no li tocava el cos, anava amerat de suor i pel tub de l'intestí alguna cosa se li obria pas amb trepidència cap al trau final. Tot un poema.

Però calia fer-ho i ràpid.

Era el seu primer atracament.

Hauria de fer un esforç per tal que la matèria grisa deixàs d'estar-li plena de pensaments emocionals; Dionís, el seu germà, li ocupava la panoràmica mental. Ell era la causa per la qual Frederic es trobava ara davant d'aquell xalet als afores de Godella. El seu pare, dies abans d'anar-se'n a l'altre barri, i en el moment d'allò que se'n diu l'última voluntat, li va fer jurar que tindria cura d'ell de per vida. Un pesada càrrega. Perquè el Nis, tal com l'anomenava el pare, és una mica tarat. Una malaltia d'aquelles que fa que la sang no arribe en condicions òptimes a la tòtina. Tampoc això no era cap secret, ja que el veïnat, xafarder com cal, havia escampat la notícia que el Nis no carburava. Afirmació que no compartia Frederic, el qual es negava, bé que per llaços fraternals, a comparar-lo amb un cotxe. «Al capdavall —es justivicava—, duc la mateixa sang que ell, només que la meua circula bé». O això pensava.

Fins ara l'havia pogut complaure en tot el que la ment infantil d'un tòfol exigia. El metge li aconsellà que no el frustràs. No li havia de negar res, ja que aquests malalts —afegí l'especialista—, s'emprenyen amb facilitat. No era qüestió d'enutjar una mala bèstia com el Nis; fa un metre noranta d'alçària i es passa el dia castigant els queixals; pesa cent vint-i-cinc quilos. No treballa. No fuma. No beu. I no pateix —almenys Frederic no n'és conscient— de nerviositat de bragueta. Tot i que havia observat que se la cascava de valent quan eixia una locutora a la televisió. Li agrada molt, la tele. Fins que no ix la foto del rei no se'n va al llit.

Però un dia, abocat al desllunat mentre menjava d'una bosseta de pipes. Nis va descobrir la televisió de colors. El veí del pis d'enfront, amb la calor es-

tiuenca, contemplava un documental de zoologia amb el finestró obert de bat a bat. Una bona dosi d'entusiasme s'apoderà del seu físic, de tal manera que Frederic hagué d'abalançar-se agafant-lo fortament per la cintura, reprimint l'instint del seu germà, encabotat a demostrar el bon funcionament de la gravetat de la terra.

—Hòstia, de colorins. ¡N'hi ha també de colorins!

Insistia el Nis una mica histèric mentre Frederic s'aferrava al seu cos, anguniejat.

Però de l'entusiasme a l'enrabiada la distància fou un pas. Un pas, gairebé fatal, que féu Nis tot girant-se sobre ell i agafant-li el coll amb les dues mans, enormes com un piano. Les cames de Frederic trontollaren en l'espai i la sang, ara sí, no li arribava a les coronàries.

—Nis... Nis... solta'm.

I el va soltar.

Amb tanta violència, que els molls del sofà grinyolaren i s'enfonsaren mig metre en rebre el seu cos. De seguida, Nis s'atansà al sofà disposat a fer bo el diagnòstic de l'especialista. Un fil de saliva li queia per la comissura dels llavis, les venes dels braços, visiblement remarcades, semblava que li anaven a esclatar, i els ulls, blancs com un llençol, avisaven de la manca de bombeig de líquid sanguinós. L'aixecà cap al sostre enganxant-lo per la pitrera.

—Fede, la de colorins. ¡Vull la de colorins!

Frederic, panteixant a causa de l'acceleració del viatge, encara pogué articular algunes paraules:

—Sí... sí... tindràs... la de colorins... de vint-i-tres polzades... i manipulació a distància..., però solta'm.

I el tornà a soltar.

Sense violència ni rudesa, ho féu amb l'habitual delicadesa d'unes mans desmanyotades i imprecises. Això sí, una mica despistat, ja que el deixà caure per la banda on no era el sofà.

A Nis l'envaí la lògica alegria d'un xiquet consentit. Li besotejà les galtes fins que li les deixà bavoses.

Fou més tard, als preliminars de l'època del vídeo, quan les relacions de coexistència, una mica deteriorades per bé que les demandes eren satisfetes, es tornaren, si més no, bastant tenses.

Una tensió que Frederic suportava ara, perplex com estava, davant d'aquell xalet dels afores de Godella.

Però calia fer-ho i ràpid.

Es decidí.

2

El xalet estava protegit per un enreixat per on es podia veure una capa de gespa color pàl·lid i ben acurada, que s'estenia al llarg del terreny no edificat. Al centre, una gran casa vella, d'aquelles que alçava la burgesia valenciana de principi de segle, contemplava, impassible, les construcciones modernes dels xalets de l'altra banda del carrer. Un passadís de ciment, d'un metre escàs d'amplària, s'erigia recte i tens des de l'enreixat fins a la porta de la casa. Un portal gruixut, que els raigs de lluna clara identificaven com de fusta de mobila.

Frederic s'endinsà al xalet per un lateral que era més a les fosques. Dins, al jardí, les roses i les gardènies lluïen per la seua absència; arbres fruiters de tota mena les hi havien substituïdes. Avinentesa que Frederic, inserit en la dinàmica que l'havia menat a aquella casa, aprofità, passant-se dues peres aigualides per la campaneta, que serviren per a remullar-li la gola, seca per l'excitació que l'ofegava.

Les primeres quatre passes que féu per la gespa denotaven inseguretat. Les sabatilles —es comprà unes Kelme per a l'ocasió—, xafaven l'agram emetent un soroll audible a timpans tan sensibles com els d'un gos.

Féu una ullada a la recerca de la residència canina.

Acotà el cap i dirigí la vista al terra per trobar algun indici. Un excrement, voluminós i d'aspecte ennegrit, jeia al costat d'un arbre; hi havia gos, i possiblement restret. Un calfred li recorregué el cos eriçant-li la pell. Si la grandària del gos anava en proporció a l'excrement, un *dobermann* —tot i suavitzant el pensament—, l'aguardava dins la casa. El preferia abans que el Nis. A aquest, n'estava segur, no li deia res la paraula fraticidi.

L'inconscient li menà els passos cap a un finestró obert de la casa.

Quan entrà a la casa sentí picoretes emocionals a l'estómac. No sabia ben bé si de temor o d'excitació. El cas és que la nova síndrome l'empentava una mica instintivament cap a l'objectiu que s'havia marcat. Al capdvall, si l'operació resultava un èxit, la seua vida podia engegar un rumb nou i luxós a la llarga. N'estava fart, prou fart, del seu ofici. Servir copes a quatre senyorets no era gens gratificador. Odiava i desitjava les BMW que els clients de la cafeteria aparcaven amb ostentació a l'hora del vermut. De sobte es veié dalt d'una Kawasaki pel carrer de Colom. Darrere, abraçada al seu cos, una roja de llavis molsuts enlairava una melena llarga. Un somni prometedor.

Un somni, però.

Allò que ara tenia enfront era una escala ben real. Començà a pujar-la. Abans, però, observà la sala on eren els amos del xalet. Estaven abstrets en una partida d'escacs. El tocadiscs reproduïa música de Mozart, com un ingredient més del món reflexiu i de silenci que comminava la parella al joc d'intel·ligència. Eren d'edat mitjana, no masa vells, encara que allunyats de la fogositat dels anys joves. Per això jugaven als escacs.

Fità la dona amb certa enveja. Duia un pijama d'estiu ben suggeridor, compost d'uns pantalons curts i un niqui de niló. Bruna com una cubana, tenia el parar distingit de les dones que ofereixen resistència al pas del temps. No veié la cara a l'home; capficat com estava, xuclava desatent d'una pipa apagada. Per un moment se la imaginà dalt de la Kawasaki. Féu un somriure i continuà endavant.

Meditava cada passa. Recolzava la punta de la sabatilla en l'esglaó i, tot seguit, elevava l'altre peu repetint el moviment. Ho féu vint vegades fins que arribà al pis. Una altra ullada; ni rastre del gos. Es fregà el bescoll. Conclusió de conjuntura: algú, humà i racional, s'havia combrejat al jardí. De tota manera aniria amb compte. Gos que no lladra, mossega, mentre no es demostre el contrari. El sorprengué la seua pròpia lucidesa.

Es dirigí sense esme a la primera habitació que va trobar al pis. Mobles de luxe i antics adornaven la cambra. Una volta dins, ajuntà la porta i adreçà el far de la llanterna a la tauleta de nit. Tenia estil, la tauleta; una Isabelina caoba obscura i ferratge daurat. S'agenollà davant d'ella i obrí el primer calaix. Un quadern de notes tapava un estoig que s'afanyà a destapar. Als seus ulls aparegué la realitat d'un Omega amb polsera d'or.

Comprovà amb satisfacció que la grossària del seu canell anava a la mida de l'Omega. Estirà el braç i el sacsejà en l'aire; pesava. Però no tant com una safata amb tasses de cafè. Resolgué quedar-se'l. També l'estoig.

Se sentia bategar el cor al mig del pit. Intentà asserenar-se respirant a poc a poc i profundament, recolzant l'esquena sobre el llit. Amb el mocador, quan estigué més centrat, fregà els objectes on havia deixat les empremtes dactilars. Ho féu dedicant mig somriure a la seua professionalitat. No se li passà per alt, però, que uns guants de goma li haurien evitat el perill d'una indiscreció. John Dillinger s'hauria rist del seu quefer delictiu, pensà.

Escodrinyà, neguitós, els altres calaixos de la tauleta on no trobá res d'utilitat. Només una Smith-Wesson, 38 especial, confosa en la penombra d'un racó de l'últim calaix amb la seua pròpia negror que Frederic, desitjós d'acabar aviat, no va veure.

L'Omega marcava la una i cinc minuts de la matinada. La tensió emocional, i la calina, li obria els porus amerant-li el cos, i sobretot les mans, de suor. Recordà que un escac i mat a la reina li podia resultar fatídic. Confià en la bona predisposició al joc dels amos del xalet. Tot i això, ja que es tractava d'una hipòtesi, aniria una mica més de pressa.

S'adreçà al guarda-robes d'estil holandès que ocupava la part frontal del dormitori. Amb el mocador als poms, obrí amb sigil les dues portes centrals de l'armari. Una filera de vestits estiuencs penjaven, ordenats, d'incomprensibles penja-robes metàl·lics. Escorcollà, en va, les butxaques d'una americana blanca de llenç. Palpà les altres vestimentes sense trobar res. Regirà la superfície de fusta de l'armari atapeïda de jerseis i camises curosament plegades, i les llançà amb desori damunt del llit. S'aturà un moment apropant-se el rellotge a les retines; era la una i quart. Decidí, atesa l'hora, que allò més assenyat fóra anar-se'n abans que la cosa es complicàs. Amb l'Omega era suficient. Estava convençut que valia un bon grapat de duros. Potser menys que un Akai sistema JVC, però bastant més que un Sony Betamax. Compraria el Sony. Algun dia els japonesos unificarien els sistemes.

Es tornà a mirar l'or massís que duia al canell. No sabia a qui, intentà fer memòria, però n'havia vist un de semblant al puny d'un client de la cafeteria.

Estava tan abstret que no s'adonà que la porta de l'habitació s'entreobria lentament.

Un gran danès introduí una descomunal cabota a la cambra just en el moment que Frederic retornava al món real. L'instint el féu recular endarrere i caigué damunt d'una cadira, invisible fins aleshores. Tingué la sensació que s'havia descopronat. Esperà la reacció del gos. Aquest penetrà a la cambra amb parsimònia, estranyat, o simplement confús, davant d'aquell desgavell estirat en la cadira. Frederic encengué la llanterna il·luminant el ca. Allò, més que un gos, semblava un elefant, de tan gran com era. Li atribuí, sense dir-li-ho, la paternitat fisiològica que reposava al jardí. El danès avançà unes passes amb actitud indiferent.

Frederic romangué quiet, expectant. No donava un quinzet per la seua situació. El gos arribà a tocar d'ell i estengué una pota al llarg de la seua cuixa. Una mena de presentació, que acceptà no sense temor. Acaronà la pesant urpa del danès, primer temptejant-li-la, després amb suavitat, posteriorment li la premé tal com requeria la intimitat de dos vells coneguts. El ca li agraí la confiança fent-li un petó humit i recalfat al palmell de la mà. Fità la cara del gos amb blanor fraternal; li recordava el Nis.

L'apartà amb delicadesa i s'alçà entre punxades doloroses a les galtes del cul. Descobrí les causes del descopronament en un secreter, tot de figures treballades en pedra rocalla, que hi havia sota d'ell, en la cadira.

En obrir la capsa, el secreter emeté una musiqueta melòdica, la lletra de la qual coneixia Frederic: «*La virgen de Lourdes se le apareció al pastor...*». El danès bambolejà la cua com si volgués dirigir la fantàstica orquestra. Frederic tancà la capsa reprimint-se l'agitació lògica d'un secreter on s'apilaven diverses joies. Per descarregar la tensió, només per això, féu una abraçada al gos.

Decidí picar sola abans que algun afectat, Verge o pastor, se li aparegués. El ca li seguí les passes.

Amb la mateixa cura, o potser amb més encara, inicià la retirada seguint el trajecte que havia fet adés.

Hauria d'evitar, com la pesta, una fugida atrotinada. Tampoc no tenia massa clara, d'altra banda, la singular solidaritat del gos. Baixà l'escala palpejant-li el cap suaument. A l'últim esglaó, s'aturà mirant la sala on la parella continuava la partida. L'home, arrepapat al sofà, s'ocultava una part de la cara amb la mà. Frederic només atinà a veure-li el perfil del bigot que sobreeixia per damunt del llavi superior. La dona, amb la cabellera sobre el tauler d'escacs, intentava un escac i mat impossible. Sols jugava amb un alfil, i dos peons.

Li guaità les cames per última vegada i tot seguit pirà pel mateix finestró per on havia entrat. El gos donà una volta per la casa i es reuní amb ell.

Ja en l'enreixat, per la part interior del xalet, Frederic agafà una pota al danès.

—Algun dia —li digué— et portaré l'os més gran que hagen vist els teus ulls. La veritat —afegí— és que ets una miqueta bleda, però de totes maneres gràcies, Rin-tin-tin, o com collons et diguen.

El gos li fregà un pam de llengua per la mà. De pressa, Frederic s'enfilà a l'enreixat i saltà a l'exterior. El danès lladrà, acomiadant-se, o potser de desfici. La cridadissa féu que els amos isquessen una mica astorats al jardí.

—¡Rufo!, ¡Rufo!, ¿on ets?

El soroll irritant d'una Dervi-50 esmorteí el trontoll del gos, que corria a reunir-se, fidel i joiós, amb els seus amos.

Arribà al pis extenuat, no tant pel cansament físic, sinó per la pressió psicològica duta fins a extrems paranoics. Malgrat tot, se sentia satisfet, havia donat un pas important en les relacions fraternals; el vídeo li mantindria l'esquizofrènia en estat estacionari durant un bon temps. D'alta banda, amb el fet esdevin-
gut, complia la promesa que un dia féu al pare. Contemplà una foto del patriarca familiar que penjava d'una paret del menjador. Llançà un ¡ui! complagut.

Retirà un got mig buit de llet i trossos de galetes escampades per la taula. Entrà a la cuina, es posà un davantal i rentà diversos plats, que de dies ençà s'apilaven a la pica. L'ajudaria a rebaixar la tensió. Minuts després, sota l'aigua freda de la dutxa, intentava oblidar el robatori, tot jurant-se que no tornaria a delinquir.

Al llit, ja més relaxat i nu, s'oferí un Winston que s'acceptà de bon grat. S'omplí els pulmons fent tres xuclades ben ansioses, expel·lí un fum que es va perdre al voltant de la làmpada del sostre. Un pensament li rondava la pantalla cerebral; els guanys d'aquella nit possiblement eren superiors als que regularment obtenia en deu mesos de faena. Un pensament que inútilment intentà llevar-se del magí mentre exhauria la cigarreta. Deixà la burilla al cendrer i apagà la llum.

Abans, però, i com una mena de contemplació artística, obrí el secreter de pedra rocalla: *«La virgen de Lourdes se le apareció al pastor...»*.

Nis dormia com un beneit.

3

Frederic féu una violenta manotada al despertador quan aquest dringà el fatídic senyal. Era l'artefacte que més odiava de la casa. Cada dia, invariablement, es despertava amb la mateixa sensació de fatiga, es vestia com un autòmat i es preparava un cafè ben carregat amb la idèntica predisposició que un tigre avorrit contempla la selva. D'un anys ençà, la rutinària selva d'asfalt havia estat incapaç de canviar-li la trista faç per una altra de més jovial. Possiblement, a les set del matí, milers de persones tindrien semblant problema. El d'ell era estar dempeus durant deu hores de jornada, aguantant les bafarades d'una rostidora de pollastres que, situada a l'entrada de la cafeteria, l'estabornia.

I un dia, encara llunyà, la jubilació com a premi. Era d'aquesta mena de pencaires.

Però aquell matí era diferent. Fede féu el trajecte a la faena com si anàs de vacances definitives. La Derby grinyolà la inusitada acceleració a què fou sotmesa de partida. Darrere quedà Benimaclet, barri de còctel humà bastant estrany; fumetes legalitzades, estudiants de classes no massa benestants i obrers òbviament aturats, ocupaven els habitacles de l'antic poble.

Avançava els cotxes fent ziga-zagues temeràries que violentaven els conductors matiners, emprenyats, ja de per si, amb la seua pròpia situació. Un secreter, de segur, els faria més amables. És clar que no hi havia secreters per a tots.

Arribà a la plaça del País amb el tub de la moto renquejant i fent atrevides cabrioles entre els nombrosos vehicles del funcionariat, que irrompien al centre buscant un miraculós buit on deixar l'utilitari. Frederic aparcà enfront del quiosc Modern. Jacint, l'enllustrador, lluitava amb un mocassí de xiquet.

—Bon dia, Jacint —saludà Fede amb veu cordial.

L'enllustrador, conegut pel seu cabreig permanent, degut, entre altres coses, a la nombrosa presència d'ultradretans al districte, contestà sense alçar la vista:

—Ni bon dia ni hòsties. La propera vegada que aparques d'aquesta manera cride el municipal.

—Collons, no sigues mamó.

—¿Mamó, jo? Fa trenta anys que sóc de la CNT —s'enfurí l'enllustrador alçant la veu i mirant els vianants, orgullós—. ¡Escolta-ho bé, trenta anys! ¡Tinc el número cinc de carnet...!

Un jove empleat del quiosc prengué la paraula:

—Doncs a veure si te'l renoves, Durruti, que estàs més cremat que l'orella de Niki Lauda.

El públic present rigué l'acudit marxant tot seguit, davant l'actitud comminadora de l'enllustrador que amenaçava amb el mocassí en alt. Frederic entrà corrents a la cafeteria Barrachina, el seu lloc de treball.

Amb lleugeresa, el local era ple, es canvià de roba i acudí a la faena on la seua presència era reclamada per l'encarregat.

La barra de la cafeteria era plena de gom a gom d'un personal que absorbia cafès i engolia sintètics donuts. Amb els ulls encara somnolents, els clients devoraven les notícies més importants, enclavades a les primeres planes dels diaris: el dòlar, no podia ser un altre, valia 152 pessetes. Un guàrdia civil queia sota el pes de les bales d'ETA-m. El carnestoltes autonòmic arribava a tot arreu, la província de Madrid es declarava autònoma. El Secretari regional de CC.OO. declarava que els Altos Hornos del Mediterráneo serien el que els valencians voldrien. És a dir, desapareixerien. Al final, en un racó, amb foto de perfil del president de la Generalitat local, un esdeveniment de ciència-ficció arrelat al medi; el govern de la comunitat pretenia reduir l'atur en quatre anys. En fi, tot un seguit de bromes matineres capaç de llevar-li l'ànim al més entusiasta.

Però la vida continuava. A poc a poc, el funcionariat, homes i dones d'aspecte jove però engroguits, anà separant-se de la barra amb el diari sota l'aixella i l'esmorzar enrotllat en paper d'alumini a la butxaca. En la major part, eren treballadors de l'Administració, tant de l'Ajuntament, com de la Central Telefònica o Correus. Edificis, tots tres, que circumden la cèntrica plaça. Centenars de persones, en aqueixes hores, conjuntament amb ordinadors i computadores de patent americana, engegaven la màquina organitzativa de l'urbs. La ciutat depenia d'uns ploms.

—Senyor Paco, la cafetera s'ha desbaratat.

L'encarregat féu una carassa de fàstic. S'apropà tot histèric.

—¿Desbaratada? No és possible, ahir estava bé. ¿Què li passa?

—Fa més aigua que el Titànic —sentencià el cambrer.

—Deu ser la pressió —li ventà un colp per darrere. Abans, però, es girà de cara als clients de la barra que, impacients i amb semblant llastimós, esperaven el primer rebentat del dia—. Per favor, vagen a l'altra barra. Allí els serviran. Gràcies.

Tots a una, com si un imant els atragués de l'altre costat del local, anaren cap al taulell. Atapeït, per altra part, de gent que entrava per la porta lateral. El cambrer de la cafetera número dos era un tipus baixet i nervioset, que es barallava amb els sis braços de la Gaggia, per donar coll.

Fede, destinat a la part de fora, s'atansà al taulell.

—Dos rebentats, un de rom i l'altre d'anís, tres cafès, un trifàsic i un cafè amb llet. ¿Correcte, Polp?

—Ja no tens ací.

—Ets un fera, Polpet.

—A manar.

Amb la safata plena, isqué a la vorera que feia de terrassa del Cafè. A les tauletes de fora, rebent la brisa estiuenca i tòxica del matí, seien els habituals clients que gaudien, d'acord amb l'esglaó administratiu, d'un horari més elàstic, algun militar de dubtós fervor constitucional i parats de luxe, als quals el desfici i l'avorriment els llevava la son.

A la tauleta on el cambrer serví els encàrrecs s'acollia ara una mena de tertúlia *camp*.

—Els bascs han assassinat un altre guàrdia civil —etzibà un que llegia el diari *El Alcázar* a la resta—. Li han disparat al cap i per l'esquena.

—Ací el que passa és que no hi ha collons —intervingué un segon que mantenia un Montecristo a la boca—. Si deixaren fer als militars s'acabaria el problema als pocs dies.

—Però ¿com s'ha d'acabar amb el problema, redéu —respongué el que havia llegit la notícia—, ¡si els millors estan al penal de Cartagena!

—Ja dius bé, Manuel, ja dius bé —l'afirmació provenia d'un panxut d'aparença satisfeta, desitjós d'entrar en matèria—. Els han traït tots. ¡Ai!, si Jaime ho haguera sabut, això. Milans havia d'haver continuat avant. Encara som uns quants els que ens hauríem tirat al carrer.

Ja feia una estona que Jacint parava l'orella. Assegut a pocs metres dels conspiradors i bregant encara els mateixos mocassins, no pogué aguantar-se i s'ho pensà poc per tal de dir-hi la seua:

—Amb eixa panxa...

—¡Faça el favor de no posar-se on no el criden, estúpid!

—Guarde silenci, impertinent —afegí el panxut.

—¿Que calle? —l'enllustrador s'aixecà de la cadireta que li servia d'eina de treball. Es passava el dia flexionant les cames—. Aquests tios estan guillats, tu —exclamà mirant Fede—. Quaranta anys sense pegarli al morro...

—Calma't, Jacint, calma't...

Tallà el cambrer. Però l'home havia mamprès el numeret del dia.

—A mon pare l'afusellaren ells i jo em vaig tirar set anys a *l'hotel* per ser de la CNT, ¿i ara diu que calle? A mi no hi ha déu que m'*atxante* la *mui*, i menys unes foques ex-divisionàries...

—A les barricades, Jacint —l'encoratjaren des del quiosc—. ¡Visca la internacional proletària...!

—¡Visca! —repetí l'enllustrador amb el semblant roig i sufocat.

Jacint, visiblement emocionat, fou retirat per Fede, que el conduí a l'altre costat del carrer, enfront de la cafeteria San Patricio.

—¡Hala, Jacint, ja va bé! —li digué el cambrer amb solidaritat—, acaba els mocassins del xiquet, que li eixiran molt més cars que si se'n comprara uns de nous. Asserena't.

L'àcrata esbufegà.

—Cuida-me'l, Toni —féu Fede a l'empleat del quiosc—. Hui està una miqueta guerrer.

Es dirigí a la taula on s'havia produït l'ofensa.

—No li facen cas, ja saben com és. Un poc de mala llet... però no és ningú.

—Escolte açò que vaig a dir-li —féu un dels afectats—. Si aquest tipus torna a aparèixer per ací, me'n vaig.

—Aquest senyor fa vint anys que només té un tros de carrer i les mans per a treballar —defensà el cambrer—. ¿On vol que vaja a la seua edat?

—Ja s'ho apanyarà. Veja què li dec.

—Els pregue que no es molesten —insistí el cambrer—. No tornarà a passar...

—Ha passat i és suficient —afegí el panxut, empipat—. ¡Cobre!

Fede se'ls quedà mirant.

—Paga la casa, cavallers.

Sense acomiadar-se, la colla de foques tocà el dos a la recerca d'alguna cafeteria buida d'internacionalistes. Marxaren cap a l'Ateneu.

Fede girà la vista on era Jacint. Aquest li féu l'ullet.

—¡Malparit! —murmurà amb veu queda el cambrer.

—Retirà les tasses buides de la tauleta i marxà, sol·lícit, dins del local per servir la resta de comandes que esperaven al taulell de la cafetera número dos.

—Fes-me costat, Fede —invocà el Polp—. Hui, açò sembla una manifestació.

—S'ha fet pols l'altra cafetera. I no puc ajudar-te, tinc la terrassa plena.

—Aquests tenen més pressa. Només cinc minuts i pots eixir —li pregà el Polp, mentre manejava, expeditiu, plats, tasses, culleres i gots, davant del nombrós personal, embaladit per la destresa que mostrava el cambrer—. Ens caldrien un parell de socis més. ¿No creus, Fede?

—Digues-li-ho, a l'amo.

—¿L'amo? ¿Tu l'has vist alguna vegada?

—El dia que em va contractar.

—Tingueres sort. Jo ni això.

—No et perds res, Polp.

L'altre assentí, convençut. Adoptà una actitud pensarosa.

—Fede, ¿saps què faré el dia que tinga trenta milions de pessetes?

—Quan tu o jo els aconseguim, estigues ben segur que els diners ja no valdran.

—Repetiré la pregunta: ¿saps què faria si tinguera un bon grapat de naps?

—¿Fer-te amo?

—Exacte. De la cafeteria.

Frederic soltà una riallada.

—Això solament et dóna per a la part de baix, els lavabos. ¿Saps que en faria jo?

—Compraries la part de dalt i ens faríem socis.

—Que ben parit estàs, Polpet. Acabem de comprar el negoci.

Encaixaren decidits. El senyor Paco no els llevava l'ull de damunt. Tots dos s'adonaren de la mirada inquisitiva de l'encarregat, i acabaren de servir els darrers cafès dels pocs clients que encara restaven al taulell.

El Polp deixà a la safata l'encomanda de la terrassa mentre Fede rentava l'escurada de la barra.

—Pren, ja pots eixir. Una cosa; quan acabes de servir allarga't al quiosc i expropia al Toni algun diari local. Anit es van reunir patronal i treballadors del gremi hoteler. Ja saps, el conveni.

—¿Quin augment hem demanat enguany?

—Quinze per cent lineal.

—I la patronal, ¿què ofereix?

—Nou per cent.

—Vint duros que guanya la patronal.

—No me'ls jugue. Duus-me el diari, ¡déu!

Fede atengué les taules que en aquell moment eren ocupades. Just a l'instant que travessava el carrer en direcció al quiosc, Míriam obria la farmàcia. El cambrer avançà amb lleugeresa per tal d'ajudar Míriam a alçar la porta metàl·lica de la botiga. La xicota agraí el gest.

—Gràcies, Fede. Als matins estic desfeta.

Digué, arrufant el nas i posant els braços rígids, estirant-se. Una figura d'allò més excitant que no passà desapercebuda als ulls del cambrer.

—A mi m'agrades fins i tot trossejadeta —li sospirà ell.

—Sí, com els pollastres que teniu a la rostidora. Quina delicadesa la teua.

I s'endinsà a la botiga amb fingida displicència. Fede rematà tot fitant-li el bamboleig de les magroses natges:

—Nena, si fóra dinamita ja hauria rebentat. M'encens, criatura.

Míriam premià l'ocurrència amb un somriure complagut que intentà dissimular amb una cigarreta. Degué fer una bona pipada, ja que les mamelles estigueren a punt de saltar-li per damunt de la brusa. La xicota s'adonà de la mirada lasciva del cambrer i resolgué evitar-li el sofriment.

—Porta'm un cafè, Clark Gable.

—Això està fet, martiri.

I se n'anà. Suat. Com un esquimal a la platja de Pinedo. S'aturà, però, al quiosc, agafant un parell de diaris de marca local.

—Un cafè especial, Polp.

—¿Especial?, ¿per a qui és?

—Per a Rosita Amores. Quins melons, Polpet, quins melons... Un dia me la tiraré.

—De morro, te la vas a tirar. ¡Vinga ja, home!, no et papes un pensament. ¿Has dut els diaris?

—Ací els tens.

Els tirà sobre el taulell. Mentre esperava el cafè féu una ullada als titulars de la contraportada d'un dels diaris que havia quedat a l'inrevés. De sobte fixà la vista en una petita notícia que contrastava per la seua sobrietat. Estava amagada sota un *Darrers esdeveniments* de titulars més voluminosos. Incrèdul, la va llegir repetides vegades, fins que se'n cercioràà.

Avui de matinada, a Godella, algú havia assaltat el xalet del comissari Garcia, cap de al Brigada Criminal de València.

Fede sentí tremolar les seues pròpies cames. Gairebé tots els dies, a mig matí, el comissari Garcia tenia el costum de prendre quelcom a la cafeteria.

El Polp li serví el café.

—Collons, quin impacte t'han fet hui les bufes de Míriam. Estàs més groc que Bruce Lee.

4

Segons una divisió territorial que havia dut a terme la Direcció General de Seguretat de l'Estat, en relació a ciutats de més de vuitcents mil habitants, la comissaria des d'on operava la Brigada d'Investigació Criminal estava inserida just al cor del districte central de València.

Era un edifici annex al de l'Ajuntament —ocupava la part de darrere— que la corporació local havia cedit, en paraules de l'alcalde, per a un fi tan humanitari com és ara una comissaria, els treballadors de la qual es desvetllen per fer complir la llei en benefici dels ciutadans, malgrat els temps atzarosos que corren. Així, doncs, els treballadors de tan insigne i sacrificada faena disposaven d'un bon local, cèntric i amb dues portes, que donaven als carrers de la Sang i Arquebisbe Mayoral. La porta principal, custodiada permanentment per dos policies, era enclavada al carrer de l'Arquebisbe. Per l'altra porta entraven i sortien els cotxes Z de la Brigada Criminal.

Tot i la benedicció amb què l'alcalde va inaugurar el local, poca cosa havia canviat respecte de l'antiga seu de la policia valenciana, situada a Ferran el Catòlic, i reduïda a hores d'ara a qüestions burocràtiques. Telèfons i màquines d'escriure, fitxers, cel·les de detinguts, fotos de persones buscades, arxius, equips d'empremtes dactilars, escriptoris... Gairebé tot estava inundat d'aroma policial. Només el fil musical que ambientava la comissaria havia estat sensible als nous temps; el *tecno-pop* de Mecano filtrava les seues melodies arreu del local. Abans, quan l'ordre era més acatat, *Suspiros de España* esmorteïa el soroll d'alguna hòstia perduda i que regularment aterrava a la faç d'un esquifit estudiant pamfleter. Tot un canvi.

El comissari Garcia tenia calor i encara eren les nou del matí. Obrí la finestra.

L'asfalt recobrava el seu trànsit habitual; el xofer de la Fanta dialogava amb un guàrdia urbà. Turistes d'aparença còmica, amb Kodaks suspeses de colls envermellits, baixaven d'un autocar seguint els passos del guia de Tour-València. A la cantonada del carrer Barques, un *setter* irlandès pixava la pulcra façana de la Caixa de Pensions. El món vivencial de la ciutat es posava en marxa.

El comissari alenà ostensiblement, s'afluixà el nus de la corbata i s'assegué al sofà de cuir del despatx.

Enfront d'ell, mig assegut a la cadira i amb actitud meditabunda, el sots-comissari Tordera es rascava el cap.

—És del tot impossible, *jefe.* No m'ho explique...

—Ja n'hi ha prou, Tordera. És un fet consumat i hem d'anar directament al gra. Som policies i cal actuar conseqüentment.

—D'acord, *jefe*, el fet consumat és un robatori del qual vostè ha estat la víctima. Però, ¿com és possible que ho hagen sabut els de la premsa? ¡Si fou de matinada!

El comissari es tragué l'americana.

—No siga trompellot —va dir mentre penjava la jaqueta al respatller d'una cadira—. En aquesta comissaria, i en totes, hi ha policies que per quatre duros informen la premsa dels fets més insignificants. Sempre ha passat.

—Hauríem d'acabar amb això, *jefe.*

—Quins collons els de vostè, Tordera. Amb la faena que tenim al carrer, que quasi eixim a *fiambre* diari, i proposa investigar la mateixa comissaria.

—En fi... —contestà el sots-comissari alçant-se de la cadira—. Jo pretenc ajudar-lo.

—Li ho agraesc, Tordera, però centrem el cas.

El comissari extragué un parell de cigarretes. Tordera n'acceptà una i encengué un misto oferint-li foc a Garcia. Tots dos s'assegueren al sofà assaborint les primeres pipades i obrint un breu silenci.

—*Jefe*,, jo sospite de Baixauli.

—¿Baixauli?, ¿el de dactilars?

—Sí.

—¿Però què diu, Tordera?

—Em referesc al qui donà la mamonada als periodistes.

El comissari esbufegà soltant el fum gris d'una llarga xumada.

—Deixe-ho córrer, home, no siga obstinat. ¿Què més fa ara, això?

—I tant que em fa, demà em poden assaltar a mi i no em faria cap gràcia que apareguera als diaris.

—Està bé, Tordera, quan siga comissari s'ho fa com vulga per a obrir una investigació interior. Però ara faça'm el favor de no emprenyar-me. Prou maldecaps tinc jo...

Un toc a la porta del despatx va interrompre el comissari.

—¡Passe! —cridà.

Un policia uniformat que duia sota el braç una carpeta penetrà al despatx i saludà Garcia.

—Bon dia, senyor comissari. Li duc el full de novetats i el de casos que encara tenim pendents.

Tordera s'avançà cap al policia prenent-li la carpeta.

—¡Fiu...! —xiulà el sots-comissari—. Hi ha *mandanga* hui, *jefe.*

—¿Alguna cosa important?

—Assassinat internacional; un italià ha obert la dona en canal. Després ha escampat el poll.

—¿On, a quina hora? —féu el comissari, interessant-s'hi.

—Al càmping del Saler —contestà el policia d'uniforme—. Aquest matí, a les sis, ens han avisat...

—¿I a mi, per què no m'han avisat? —preguntà el comissari alçant-se del sofà i encarant-se amb el policia.

El policia dubtà un moment.

—Ens sabia greu, amb la nit que ha passat...

El comissari semblà receptiu.

—Està bé, què més.

—Una baralla al barri de putes —féu Tordera—. El Z-69 arribà a temps de parar les navaixades; sis putes, tres macarrons i quatre clients són a les cel·les.

—¿Això és tot? —preguntà el comissari.

—No. —El policia parlà com si no s'atrevís a fer-ho—: el sord ha tornat a telefonar...

—¿El sord? ¿Què vol ara, el sord?

—Diu que ho té tot a punt, senyor comissari... El dia trenta matarà el bisbe...

—Déu amb el sord, ja ens va portar com cagalló per sèquia quan vingué el papa, i ara, el bisbe. A veure si li poden localitzar la telefonada, ¡collons!, ¡estic fins als ous del sord! —Es deixà caure al sofà—. Pel que fa a l'italià, que el sots-comissari Llorens es pose en comunicació amb la Interpol perquè done l'ordre de crida i cerca. També amb la policia italiana per demanar-los dades. Que vagen al càmping el forense, el fotògraf...

—Ja hi són, comissari...

—Molt bé, quan tinguen resultats me'ls comunica.

—¿Alguna cosa més, senyor comissari?

—Pot anar-se'n.

El policia arreplegà els fulls que mantenia el sots-comissari Tordera i inicià la retirada. Garcia consumia la cigarreta rebent la brisa suau i fitant, abstret, les incidències del carrer pel finestró obert. Feia dos dies que la refrigeració de la comissaria s'havia espatllat. En un angle del despatx, Tordera aguardava les decisions del seu superior.

Aquest s'apropà a la taula i esclafà la cigarreta en un cendrer de pedra de la grandària d'un morter. Tot seguit encengué una altra cigarreta.

—Tordera —féu el comissari sacsejant el braç per tal d'apagar el misto—, l'Omega no té massa importància per a mi, llevat del seu cost monetari, és clar. Ara bé, les joies i el secreter tenen un gran valor sentimental per a la meua dona. Ja sap, herència de família. Es tracta d'un adreç amb muntura d'or i ornaments de safir que regalà la besàvia a la meua sogra. Després, quan ens casàrem, passaren a propietat d'Ofèlia, com a filla única que és —Garcia féu una pausa—. Està molt disgustada, ella, Tordera.

El sots-comissari adoptà un semblant de circumstàncies.

—Me'n faig càrrec, *jefe*. Però serà ben difícil recuperar-les. Fa uns mesos hauríem pogut dedicar hores i personal a l'assumpte. Però ara, amb tres casos d'assassinat, si comptem el de hui, per resoldre, el sord i tota la resta... A més hi ha pel mig el problema del temps. Si passen uns dies sense que puguen traure'n trellat, ja sap el procés, *jefe* —Tordera, per voluntat expressa, ometé el procés; algun perit il·legal els fondria. De sobte, se li acudí una idea—. *Jefe*, crec que tinc una idea.

El comissari l'observà, escèptic.

—Possiblement no li agrade aquest pinta, però és l'únic que actualment podria donar un colp de mà al seu problema. Es tracta de Toni...

—Ni ho somie, Tordera —tallà Garcia amb fermesa—. En aquesta casa, els elements fora de la llei no tenen cabuda.

Tordera no era home de brillants suggeriments, però la seua tossudesa estava fora de tot dubte. Gaudia d'aquesta peculiar fama entre els policies. Qualsevol detingut, per innocent que fos, estava en perill de cantar l'assassinat més macabre davant d'un interrogatori fet per ell. Alguns preferien la cadena perpètua. Insistí:

—Comissari, si tant li interessa el secreter, haurà de ser pràctic. Butxana és la solució. Coneix el món de la delinqüència millor que tots nosaltres. A més, *jefe*, li tenim retinguda la llicència. A canvi podria...

—Em fot molt el tal Butxana. No és un detectiu, és un protector de delinqüents.

—És la seua forma de treballar, estic segur que li recuperarà el secreter.

—A mi, el lladre m'interessa tant com el secreter. Mai ningú no s'havia atrevit a tant. ¿S'imagina les rialletes dels periodistes? He de saber qui ha estat el malparit que m'ha robat. És una qüestió de dignitat professional.

—Això és fàcil, comissari. Vostè encarrega el cas a Butxana i nosaltres li posem al darrere un home nostre que li seguesca les passes. D'aquesta manera, quan recupere les joies, sabrem qui ha estat l'autor sense necessitat que Butxana faça allò que li resulta tan desagradable.

Garcia mirà el sots-comissari, estranyat per la rapidesa de la solució. No estava massa acostumat a les brillants idees de Tordera. Aquell era un local ple de soques. A més, feia un dia de molta calor, un dia no massa apropiat per a aguantar el parloteig incontinent del sots-comissari.

—Bé, podem provar. No em fa res de provar.

—Perfecte, li telefonaré —féu Tordera traent-se una agenda de la butxaca de la camisa. Marcà un número. Quan l'aparell establí comunicació restà un moment en silenci. Breus segons després se sentí una veu fosca:

—Vos parla el contestador automàtic de Toni Butxana. Si ets una nena canta el número de telèfon i l'adreça, estic disponible. Si per contra sou de la bòfia ja podeu penjar; m'empastifeu l'ambient.

—*Jefe,* aquest Butxana és insuportable...

—¿Què diu?

—M'estime més no dir-li-ho, és el contestador automàtic. Butxana —cridà el sots-comissari a l'aparell—, no sóc una nena, ni tampoc sóc un xicot diguem-ne dispost. Afina l'orella; sóc Tordera, si vols saber alguna cosa de la teua llicència passa't per la comissaria. Hui mateix.

Penjà, donà un colp a l'aparell i maleí el detectiu. Es torcà la suor que li relliscava galtes avall amb un mocador que duia les seues inicials i tot seguit exhalà. Garcia, aclaparat pels problemes, romania pensarós amb la vista perduda al sostre. Tordera mirà el rellotge que penjava de la paret.

—Senyor comissari, si li sembla oportú, podríem anar a prendre alguna cosa. Ja són les deu.

Garcia convení. Com un autòmat agafà l'americana i es reuní amb Tordera, que esperava amb la mà al pom de la porta. Tots dos, el comissari al davant i el sots-comissari al darrere, baixaren l'escala que els menava al carrer. A fora, a la porta, dos policies saludaren de rutina el pas desatent dels superiors.

Garcia agafà Tordera pel braç.

—Escolte —li digué amb veu persuasiva—, confie en la seua discreció en tot allò que afecta el meu cas. Vull dir que no m'agradaria que ningú sabera que Butxana treballa per a mi. Si el comissari en cap en tinguera coneixement...

—Tranquil, senyor comissari, tranquil...

Una altra cosa no, però en Tordera es podia confiar.

5

Des que la Brigada d'Investigació Criminal li havia retingut la llicència, tant de l'arma com de l'activitat professional, Toni Butxana es trobava d'allò més desficiós. Un dia o altre havia de succeir, ja que al detectiu sempre li agradava de clavar el nas en assumptes que eren de competència policial. Després d'un seguit d'advertiments per part del comissari Garcia, finalment, i en un cas d'assassinat en el qual Butxana, per curiositat crematística, decidí investigar, la comissaria li retingué la llicència indefinidament fins a nova ordre, per traves i ocultaments al treball de les forces de seguretat.

L'actuació del detectiu va frustrar la captura del presumpte assassí de la comtessa del Tremolar. I, és clar, Garcia, s'emprenyà. No tant pel fracàs professional, tot i la seua importància, sinó pels agraïts guanys que, com a premi, estava disposat a lliurar-li el comte.

El cas consternà bona part dels ciutadans que, a falta d'emocions, seguien amb interès la captura i posterior ajusticiament del sàdic de torn que havia estat capaç d'endur-se per davant l'única relíquia nobiliària de la ciutat. Feia sis mesos de tal esdeveniment.

A Butxana, d'un temps ençà, no li rutllaven bé les coses.

Encara no havia acabat de digerir el seu fracàs matrimonial, si és que allò se li podia imputar com un fracàs; Marta, la que havia estat la seua dona, escampà el poll amb un pianista de *jazz*. I, a més, l'Iturbi en qüestió era negre. No és que Butxana tingués res de racista, però fugir-se'n amb un tipus del color del betum, en una ciutat on totdéu estava més groc que un pa de cera, resultava emprenyador. A banda dels autèntics, els senegalesos, gairebé devia ser l'únic de l'urbs. ¿Què tindria un fill del Tio Sam que no tingués ell? Deixa-ho córrer, Butxana.

De tota manera, no era un tipus fàcil d'entabanar per desafortunades històries sentimentals. Només que ara es trobava sense cap llicència: ni matrimonial ni professional. I això, en una societat de computadores, significava estar desarmat. Estava desficiós i solitari. En una ciutat com aquesta, qualsevol solitari que es trobe desficiós encara té una alternativa: fer *footing*. L'ajuntament va preparar el llit del riu a tal efecte. A València n'hi ha a garberes, de neguitosos.

Enfundat en un xandall de franel·la i alenant al compàs del ritme que li marcaven les cames, Toni Butxana es mantenia en forma corrent entre els escarransits arbres que la corporació local havia plantat vora el Túria, producte de quatre anys d'ajuntaments democràtics. La histèria consistorial per l'ecologia havia agafat desprevinguts els ciutadans que, amb l'excusa de la mediterraneïtat, dia sí, dia també, s'alçaven amb el perill de trobar-se una palmera enfront de casa. Buscadors de fantasmals arrels autòctones i ecologistes de corbata pretenien desnaturalitzar la ciutat de les úniques coses que li són pròpies: l'asfalt i la contaminació. El pla Bofill, la carcassa final: *arbolito de mi vida.*

Qui no tenia cap pla era Butxana que, frenètic, camejava en un intent de vomitar greix superflu, producte de l'excés d'alcohol que havia ingerit els primers mesos de l'escapada de Marta. L'antic pont de pedra deturà la marxa. Exhaust, buscà refugi a l'ombra del pont, i s'assegué en una pedra que, fatigat com estava, resultà d'allò més còmoda.

Quan recuperà l'estat normal de la seua respiració, pujà a l'avinguda i travessà el pont en direcció al barri de Marxalenes. L'ex-detectiu vivia al carrer Fabià i Fuero.

Una vegada al pis, s'adreçà directament a la cuina per tal de preparar-se un bon suc de taronja. No hi ha res com la vitamina C, encara que siga de collita marroquina. S'hi afegí dues cullerades de sucre i engegà la ràdio; no hi havia dubte, Mercadona rebentava preus. Apagà l'aparell, s'empassà la taronjada i es dirigí, satisfet, a la dutxa.

Però no hi havia aigua. L'ajuntament, amb bon criteri, no l'amollava fins a les onze del matí. Les restriccions líquides.

Resignat, es deixà caure al canapè de la saleta d'estar. El televisor, apagat, reflectia al silueta suada de l'ex-detectiu. Buscà una cigarreta que no trobà enlloc, i, per fi, com que no tenia res a fer, i només per això, despenjà el telèfon.

L'agra veu del sots-comissari Tordera li colpejà el timpà anunciant-li la possible mesura de gràcia respecte de la seua llicència. En cas de no ser així, no l'haurien avisat, pensà Butxana. ¿Per a què, si no, anaven a cridar-lo? Ell no era la mena de tipus que la bòfia invita quan se celebra el dia de la patrona. Esbossà un somriure pensant en les paraules que li adreçà el comissari Garcia quan li retirà el permís. «Butxana —li digué en to de mofa—, unes vacances no li vindran malament». I això féu, vacances.

El pianista de *jazz* i el comissari l'havien forçat a unes conjures completes. Allò tenia el caire d'una conjura.

Conjura o el que fos, la seua vida havia donat un gir de cent vuitanta graus. S'havia acostumat a la solitud i a les dificultats que, per altra part, sempre havien estat presents al llarg de la seua vida. D'extracció social baixa, Butxana reunia algunes de les característiques peculiars d'aquest estament. Va rebre la seua formació cultural de les màquines de joc i els escurabutxaques que instal·laven als barris perifèrics. Això li serví per a educar una intuïció que aplicà posteriorment al seu ofici; ensumava els pispes a qualsevol distància. No debades, de menut, va conviure amb un bon grapat d'ells.

La burgesia urbana, tan maltractada pels delinqüents, el requerien sovint, conscients que Toni Butxana els trauria les castanyes del foc. Però el detectiu, per una estranya fidelitat a la seua ascendència, no lliurava mai el malfactor. Actitud que no molestava el client, que, al capdavall, el que volia era recuperar les pertinences.

No disposava d'una teoria que li permetés explicar tals fets. Era una persona poc analista respecte dels temes socials. Ell no era un bòfia, es repetia constantment. ¿Per quin motiu, doncs, anava a inflar la xifra de presos preventius? Que els perseguissen els Garcies, els Torderes i la mare que els havia parits. Passàs el que passàs es mantindria ferm en la seua actitud.

I s'hi mantingué, de tal manera que ni el pianista de *jazz* aconseguí que Butxana perdés el cul darrere d'ell. Potser no s'ho valia, la dona.

—Que em diguen un motiu, només un, pel qual em puguen convèncer que en la vida existeixen coses per les quals valga la pena perdre el cul —pensà en veu alta l'ex-detectiu i, amb to remugant, afegí—. Llavors, sens dubte, seré enfront d'un estúpid.

Divagar com un neci és el que feia ara. Perquè és ben cert que estava una mica obsessionat per aconseguir algunes coses: pela, molta pela. Tota la que li havia mancat des que va comprendre la mísera situació que envoltava la seua llar. El treia de polleguera la passivitat i la resignada vida que havien fet els seus pares. Sovint ho recordava.

El veia marxar, tots els dies durant molts anys, amb el cap cot, una cigarreta entre els llavis i la inseparable coixinera penjant-li de la mà. I el somriure. Però no. Allò no era ben bé un somriure, a tot estirar, un gest afable d'impotència. Ho esbrinà més endavant, als feliços temps de l'adolescència, quan ja era capaç de poder llegir els semblants de les persones. Somrís, el que es diu somrís, el que feia ell i els seus companys de malifetes, oberts i eixamplats, mostrant les empentes d'una càries dentària aconseguida sense esforç. Resultava pràcticament impossible que un paler, que ocupava els matins guanyant-se uns duros intentant endossar pòlisses d'assegurances, fes un somriure complagut. Tampoc no tenia per què ser idiota.

Era aquella forma de resignació cristiana el que realment l'emprenyava. Si no hi havia prou duros a casa, el pare n'admetia la culpa; hauria de treballar més. Vuit hores al forn i sis que en dedicava a les polisses en feien catorze. Bé, almenys podia ocupar-ne una o dues omplint sobres de cromos d'una envasadora que era prop de casa. A quinzet el sobre, els Butxana van descobrir al fórmula que els permetia arribar a fi de mes sense massa problemes. Tot un trellat, el cap de família.

Però, un dia, agenollat al capçal del llit mentre mantenia una botella d'oxigen, tenint cura que no mancàs l'aire a son pare, que, al jaç, agonitzava en les seues últimes hores, ho va comprendre. Els altres membres de la família, Joan, Miquel, l'Anna i la mare, s'estaven quiets esperant l'última bocanada. Un moment o altre s'esdevendria la gran dormida. Tan merescuda, per altra part.

Butxana-pare es bellugà una mica al llit tractant d'incorporar-se. La mare començà a sanglotar: intuïa

el desenllaç. Els fills menuts la imitaren. Allò era la fi. L'últim símptoma de vida, el darrer sospir. El vell buscà la mà del fill major. Toni li la premé amb força. La mare esclatà en un plor i isqué de l'habitació. Els fills també hi esclataren, però no sabien si restar a la cambra o eixir seguint la mare. Se'n quedà un, els altres dos se n'anaren, plorant com Magdalenes.

Butxana-pare es tragué la màscara d'oxigen i volgué articular algunes paraules:

—Tonín...

Butxana li tornà a col·locar la màscara. El vell, encoratjat, insistí:

—Tonín, els... cromos... a...

—Toni apropà l'orella als llavis del pare.

—Dos... quinzets els...

Aquesta vegada fou el vell qui buscà amb desesperació la màscara. Aspirà repetides voltes i quan se sentí amb forces continuà amb el missatge final.

—Paguen... a dos... quinzets... en una... altra enva... sado... ra...

—Digues-me, pare, ¿on és l'envasadora aquesta?

Però el vell ja era camí de l'altre barri. Butxana, abatut, donà pressió a la botella d'oxigen i li aplicà la màscara al nas i a la boca, alternativament. L'únic que aconseguí fou ventilar-lo, ja que el cap de la colla maldava per reunir-se amb els ovnis.

Ara, vist amb la fredor de la distància, l'ex-detectiu no dubtava a qualificar la mort de son pare de tragicòmica. Però, en aquella època, un quinzet més per sobre era de vital importància per al clan Butxana. El vell s'endugué el misteri a l'espai. Fou aleshores quan Butxana visqué l'obsessió de la pela. Una obsessió que no l'abandonaria mai.

El seu ofici proporcionava uns ingressos suficients. Però, sobretot, hi havia l'oportunitat, com en el cas de l'assassinada comtessa, de fer-se amb una bona paperassa. Oportunitats que no escapaven dels nassos dels Garcies i Torderes. Per això, les traves i els ocultaments a la labor policial de què va ser acusat pel comissari. Algun dia li tornaria la pilota, al malparit de Garcia.

Es dirigí a la dutxa i afluixà l'aixeta. L'ajuntament, amb bon criteri, havia donat l'aigua.

Eren les onze en punt del matí.

6

Li corresponien les vacances al setembre, però Fede necessitava el mes de juliol lliure. Era convenient desaparèixer durant tot un mes per tal que l'assumpte del secreter es refredàs en la memòria del comissari. El Polp se n'anava a l'agost. No li servia. Faltaven tres dies perquè saltàs el full de juny del calendari. Decidí baixar al magatzem on l'encarregat, llibreta en mà, recomptava les existències de begudes.

Pel camí assajà la millor forma de persuadir-lo. Ho aconseguí en el moment que posava els peus al soterrani: li diria que la calor afectava el Nis i això el desequilibrava. S'atansà, sigil·lós, a l'encarregat, amb el semblant bondadós que tantes nits de glòria li havia proporcionat amb les xicotes del Círculo Manchego. Bé que tiben, les d'Albacete.

—Senyor Paco —digué i no es reconegué la veu—, jo... jo tinc un problema.

—Si saberes els que tinc jo —contestà l'encarregat mentre comptava caixes de coca-coles—. I trenta-dues —digué i apuntà a la llibreta.

El cambrer es fregava les mans.

—És que açò meu és fotut.

L'encarregat es disposava a abordar les mirindes de llima i es girà on era Fede. Li dirigí una mirada capficada.

—¿I què és això tan fotut?

El cambrer, sorprès per l'afable i preocupada veu del capatàs, agafà més confiança. Era el mateix moment que quan, a l'Hogar Manchego, després d'un tempteig preliminar, decidia tirar mà de panera.

—Veurà, senyor Paco. El meu germà, que, com vostè sap, va tocat de terrassa, l'afecta l'oratge d'estiu molt malament, ¡fa tanta calor!

—Compra-li un barret, home.

Fede féu un somrís tort, de circumstància.

—Quina conya la de vostè, Paco. Ja m'agradaria a mi participar del seu humor, que bona falta em fa. Però estic molt preocupat.

Quan pronuncià les últimes paraules, intentà que el semblant se li compungís. La manxega reculava.

—Bé, conta'm això del teu germà —féu Paco, mentre s'asseia damunt d'una caixa de Soberano.

El cambrer aprofità l'entrada.

—Hem visitat l'especialista que duu el seu cas. Jo no sabré explicar-li-ho tècnicament, tal com fan els metges. Ho intentaré. Li faré un resum molt detallat, a la meua manera —Fede adoptà un posat d'entès en la matèria—. Segons don Rafael, l'especialista, al Nis, quan arriba el temps de major basca, al juliol, el seu estat mental entra en una fase de desplaçament memorial. No reconeix ningú, ni tan sols a mi que sóc el seu germà. Però al mateix temps aquest estat desmemoriat li produeix una emprenyamenta descomunal a conseqüència d'una agudització de l'esquizofrènia —Fede s'emocionà sorprès de la marxa que havia pres l'explicació—. Però, ¡ah!, ¿què passa quan l'esquizofrènia s'aguditza?

—Digues, digues què passa —s'interessà Paco, vivament impressionat pel raonament tan tècnic del cambrer.,

—Les coronàries, que, com vostè sap, recorren tot el cos transportant la sang...

—¿Rebenten? —Tallà l'encarregat.

—Pitjor encara, senyor Paco. Algunes d'elles deixen de bombejar líquid sanguinós i es produeix un xoc.

—¿Joc?

—Li ho resumiré de forma senzilla: al Nis, se li resseca el trellat —el cambrer acotà el cap per tal de sentenciar el relat—. En aquest cas es capaç de matar. Necessita amb urgència l'aire fresc de Camarena, senyor Paco.

L'encarregat l'agafà pel muscle amb actitud comprensiva. Li palmejà la cara suaument.

—Et veig vindre, Fede, tu vols les vacances el mes de juliol.

El cambrer assentí en silenci.

—Hauràs de parlar amb Garrigós. Ell fa les vacances al juliol, si accedeix al canvi per mi no hi ha problema. Estaria bo, que el Nis no poguera refrescar-se a Camarena...

—Gràcies, senyor Paco, moltes gràcies. Aquestes coses no s'obliden mai —féu el cambrer, sincer i agraït.

—Puja dalt que hi ha faena. —L'acomiadà l'encarregat, satisfet de poder ajudar un empleat.

El cambrer retornà al treball amb un regust de saliva viscosa a la boca. Era talment el plaer que sentia quan després del típic estira i afluixa, la manxega es deixava clavar mà. No hi ha res com un *polvo* guanyat a base de colps de bragueta. Té molta sort, qui demostre el contrari.

Fede ja tenia planejat que Garrigós, un greixós empleat al càrrec de la secció de pastisseria, no li complicàs el canvi de vacances. El Polp, en qui confiava molt, ajornaria el descans fins al setembre; d'aquesta forma, el pastisser les faria a l'agost, que era el mes preferit per la nòmina de treballadors de la cafeteria.

—Per mi, collonut —digué Garrigós patinant-li crema de trufa per la barbeta—, però podies haver-me avisat amb temps, quasi tenia les maletes preparades. ¿Saps?, me'n vaig a Eivissa enguany. Allà follen com descosits, Fede. Gènere europeu, de qualitat.

Prop d'ells, un home d'aspecte calmós, sense remei, escoltava la fogosa conversació esperant que algú l'atengués. Garrigós serví un tros de pastís de poma a una dona d'edat avançada i continuà el discurs.

—Van despilotades pel carrer, tu. Tot és a la mà. Això sí, has de saber xampurrejar alguna cosa de francès o d'anglès. Per exemple —Garrigós es netejà la boca amb un tovalló ronyós i es posà solemne—: *Lets go together,* o aquesta altra *voulez vous aller quelque lieu avec moi?* —pronuncià el pastisser dinamitant la fonètica.

—Enguany arrases, Garri —exclamà Fede, entusiasmat.

Garrigós endreçà el pit i mostrà llumenetes als ulls. Procurà fer un somriure castigador. Fede s'aprofità del moment esplendorós pel qual passava el pastisser.

—Però haurà de ser el mes d'agost, ¿eh?

—Igual em té, tranquil. Hui mateix envie un telegrama: paciència, ninetes, trenta dies Garri a l'illa.

Fede esclatà a riure. L'home d'aspecte calmós intuí que la conversa tocava fi i resolgué reclamar els seus drets.

—Landrú, abans que et quedes tísic serveix alguna cosa dolça al meu sofrit paladar.

—Menys conya, Joan —contestà Garrigós, ofès—. Em dóna pel cul, tanta confiança...

Fede estava segur que un mes seria suficient per tal que l'assumpte se li oblidàs, o, almenys, se li passàs la possible irritació al comissari. Tenia massa maldecaps, Garcia, per a prestar excessiva importància a un robatori, per altra part molt corrent a les ciutats. Així i tot, el cambrer reconeixia al comissari una justa contrarietat que faria, dels dies següents als fets, les estones més perilloses. Així, doncs, resolt el problema del canvi de vacances, adreçaria les primeres passes a la recerca de possibles compradors del secreter i l'Omega. Cosa no massa difícil si ajustava un preu raonable. Es conformava amb la meitat del seu valor. Tot eren guanys, al capdavall. Tenia un dubte, però. ¿A qui acudiria? Fede passaria la resta del dia pensant la forma de col·locar la singular mercaderia. Sense descuidar, però, la faena.

Garcia i Tordera ja eren asseguts en una de les tauletes de fora quan Fede isqué, reclamat per un insistent repic de mans que provenia d'un panxacontent de poble, habitual de la cafeteria. El cambrer passà per la tauleta on esperava el comissari. Sentí com unes cosconelles per l'espina dorsal i un lleuger calfred que atribuí, autosuggestionant-se el físic, a la maleïda rostidora de pollastres que era a l'entrada. Volia mostrar-se normal i féu tot els possibles per aparençar-ho. Els bòfies sospiten de tot, encara que els d'ací són una miqueta burros.

Una vegada que l'impacient de poble, que tenia una singular facilitat per a posar nerviós el cambrer, picant de mans i cridant, com si d'un casino local es tractàs, fou obeït en les seues demandes, Fede s'atansà a la tauleta dels dos policies, s'aclarí la veu i disposà el seu millor semblant.

—Anem a veure, anem a veure, ¿què volen aquests dos senyors tan resimpaticots? —digué Fede musicant la veu.

Però el resimpaticot de Garcia, abstret i amb la mirada fixa al terra, no semblava receptiu a l'amabilitat del cambrer. Fou Tordera l'encarregat de complir amb la missió de les relacions públiques que, d'un temps ençà, i amb mires d'esmenar la deficient opinió que els ciutadans tenien sobre les forces d'ordre, havia mamprès el cos policial.

—A mi em duràs un entrepà de blanc i negre i cervesa El Àguila, una canya. ¿I vostè què prendrà, senyor comissari?

Garcia aixecà el cap.

—El mateix però amb tomaca.

—¿Amb què ho regarà, el senyor comissari? —s'avançà Fede, servicial.

—Mineral sense gas, ben fresca —contestà Garcia, lacònic.

—Hala valent —féu Tordera eixamplant la labial desproporcionadament—, que siga ràpid que hi ha molt per fer.

—En un segon. I en marxa també els rebentats, els dos de conyac, ¿eh?

—Perfecte —agraí Tordera.

El cambrer aguantà el tipus i no esbufegà fins que arribà a la barra. Allí soltà un ¡uf! sorollós i llarg que colpejà la cara del Polp.

—¿Fa calor, Fede?

—I que ho digues. Ara que parles del temps m'agradaria comentar-te un lleuger canvi de vacances que s'ha efectuat...

—No et molestes. El Garri m'ha posat al corrent.

—¿I què?

—Concedit, home, concedit. L'estiu que ve em tornaràs el favor. No tinc cap pla, enguany. Igual em fa un mes que altre.

—Em fas un gran favor, Polp. Posa'm dos entrepans de blanc i negre, un amb tomaca. Una inconstitucional i una mineral de quart, sense gas.

Fora, Tordera intentava alçar el decaigut estat d'ànim de Garcia, el qual continuava cercant esclatasangs amb la mirada.

—Una setmana, *jefe*, una setmana i Butxana li recupera el secreter. Com si ho vera, comissari. ¡Té un nas, el Butxana!

—També em preocupa l'autor. Diga'm, Tordera, ¿a qui creu que hauríem de posar-li al darrere, seguintlo? Per descomptat ha de ser espavilat.

—Home, si a vostè li sembla bé, podíem donar una oportunitat al meu nebot Joaquim. És jove i de confiança. I d'espavilat no cal que li diga res, *jefe*. Jo sóc el seu padrí. Ha tirat de pila, el xicot.

Tordera es permeté una rialleta. Garcia li dirigí una mirada bondadosa.

—¿En quina secció està?

—En balística, comissari. Però s'hi avorreix molt. A ell li agrada l'acció, bellugar-se ací i allà. Li vindrà com piu al cul.

—Cuide el llenguatge, Tordera.

—Perdone, *jefe.* M'he posat tan content...

—Quan acabe l'entrepà, parle amb ell. Que es canvie de paisà i vinga al meu despatx. Ja li diré el que ha de fer. Vostè marxe al càmping del Saler i porte'm tots els avanços que ha fet Llorens en l'assumpte de l'italià.

—Correcte, comissari. A final de la vesprada li detallaré un informe.

El Polp li vessà la safata amb les peticions dels policies i es girà cara a la cafetera. Fede posà la mà sota de la safata i es disposà a servir les comandes. Restà un moment pensarós.

—¿Polp? —requerí Fede—. Si tu tingueres joies i volgueres desfer-te'n, vull dir vendre-les, ¿què en faries?

—Aniria a un joier. És elemental, la pregunteta.

—¿I si no vols que ho sàpia ningú? És a dir, que són joies que t'han regalat i fa una miqueta de vergonya dur-les a un lloc... diguem-ne conegut.

—Hòstia... no ho sé, tu. Mira't el *Trajín.* Hi apa-

reixen coses rares. Però jo de tu aniria primer que res a un perit de joies. Aquests les valoren i et diuen el preu que poden valdre. —De sobte, el Polp semblà adonar-se de la conversa—. Atén, ¿des de quan tens joies?

—Des que tu tens trenta milions, ¡no et fot!

—¡Vés a fer la mà!

Quan isqué a la terrassa, els policies es trobaven en una xerrameca que van parar en deixar el cambrer la safata a la tauleta. Fede els desitjà un bon profit molt educat i marxà a l'interior del local amb l'íntim convenciment que era l'últim sospitós de València.

Tal fou el cas que li feren tant Garcia com Tordera, capficats ara a fotre de bancada.

7

A causa de la calor i el trànsit rodat que a aqueixes hores del matí omplien els carrers, Butxana s'estimà més d'agafar l'autobús que no el seu propi cotxe, un 4-L de color beix, que l'ex-detectiu feia servir en els seus desplaçaments urbans.

Amb l'aspecte radiant de la seua figura esportiva prèviament reconfortada per l'ansiada dutxa, es dirigí a la parada d'autobusos, que era a un tir de pedra del seu pis. Anava abillat amb uns pantalons blaus collita Abdón Ibáñez, i una camisa blanca de mànegues curtes, on la prominència pectoral i dels braços es feien ben visibles.

No parà esment en el seu veí Eugeni que gaudia d'una Schweppes a la porta del bar on Butxana tenia el costum, de tant en tant, de fer-ne una al dòmino. Feren un breu intercanvi de paraules en to desenfadat i tot seguit l'ex-detectiu reprengué la marxa xuclant el primer cigarret del dia que li oferí Eugeni. Agafà l'autobús de circumval·lació.

Pagà i es bellugà com pogué entre el maremàgnum de persones, la major part, dones que anaven de compres. Es va situar al centre de la plataforma, flanquejat per dues dones de mitjana edat que, suades de ben segur atrafegament, desprenien intenses bafarades d'aixella oprimida. Intentà baixar una derringlada finestreta que es resistí al seu esforç. Submís, s'abstragué rememorant episodis de viatges urbans en la seua adolescència.

Més d'una vegada, aquelles plataformes li havien fet passar bones estones. Els diumenges de vesprada, i com a única diversió, Butxana i els amics es dedicaven a gastar-se les poques peles de què disposaven les seues migrades butxaques fent trajectes amb els autobusos i els tramvies, atapeïts de la gent que sortia dels cinemes. Pujaven a les plataformes a la recerca d'un bon cul enfaixat. L'edat de l'elegida no importava. El que realment els feia feliços era proveir-se amb rapidesa d'alguna magrosa on poder refregar la bragueta, exempta d'emocions en aquell temps. Però en aquella època no eren freqüents els marits consentidors, i, sovint, Butxana i els amics eixien malbé de l'aventureta. Per contra, de vegades, fadrines d'aspecte religiós oferien les seues natges, amb gran comèdia, com si d'un sacrifici es tractàs. Amb silenci i la mirada perduda en l'infinit, els adolescents celebraven les frenades brusques i les revoltes tancades dels xofers, que amb la poca pràctica de l'època, ajudaven els xicots a passar alegrement l'avorrida vesprada del diumenge. ¿Què seria una festa sense un cul?

Reminiscències que perduraven en l'ex-detectiu, més majoret, si es vol, que no podia evitar la intencionalitat d'una ullada lasciva a la plataforma. Però la calor, angoixant en aqueixos moments, i el mal estat físic de les companyes de viatge, induïren Butxana a pensar que allò més assenyat fóra desviar la mirada cap a l'exterior.

L'autobús es deturà al carrer Sant Vicent.

L'ex-detectiu reprengué la marxa cap a la comissaria enfilant-se per periodista Azzati. A punt d'entrar a Arquebisbe Mayoral, pensà de prendre alguna cosa de menjar, ja que l'entrevista, i sobretot l'entrevistador, eren susceptibles de produir úlceres duodenals.

S'allargà a un Burger King que era prop del local policial. Es proveí d'una hamburguesa amb carn de dubtosa procedència i salsa de quetxup. La dependenta, una rossa cofada de barret estil *marine* ianqui, i amb l'entrecuix oprimit per un pantalonet curt cenyit a les formes, li adornà l'entrepà amb una lletuga de color indescriptible. Donotes com la rossa li feien tragar a un trilita.

A l'entrada de la comissaria, Butxana extragué una cervesa de pot d'una màquina de refresc. D'aquesta forma i sense saber-ho, l'ex-detectiu contribuí a un fons monetari per a vídues de policies, segons resava un cartellet col·locat en un extrem de la màquina. Un oficial, verificada la identificació, l'acompanyà al despatx del comissari.

Garcia s'havia fet el ferm propòsit que, passàs el que passàs, Butxana no el trauria de polleguera. Tenia prou maldecaps per a permetre's el luxe d'enfurismar-se amb un tipus com l'ex-detectiu. Li faria l'encàrrec i ajustaria les condicions. Les seues, és clar.

Però, en veure'l entrar per la porta, tan arrogant i tan impertinent, Garcia no pogué evitar una sensació de malestar. Tot i que Butxana procurà comportar-se agradosament.

—Hola, xèrif —saludà, oferint-li el millor somriure que tenia.

El comissari saltà de la cadira com impulsat per un ressort. Abans de contestar-li preferí adreçar-se a la finestra i després de successives alenades, tornà al butacó de la taula on treballava.

—Mire, Butxana —digué passant-se un mocador pel front—, avui fa un dia de molta calor, la refrigeració del local no funciona, tinc la carpeta plena de casos i, a més, vostè és uns dels tipus que més odie d'aquesta ciutat. Faça'm un favor, home: ¡cride'm pel nom de pila!

—Està bé, comissari, jo només pretenia ser simpàtic.

—Li assegure que no és gens graciós. Intente-ho amb els seus amics, els delinqüents.

Butxana pegà una cabotada. Ja comencem, pensà.

—I ara, senyor Garcia —féu remarcant el cognom—, ¿a què es deu l'interès per la meua persona?

El comissari encengué una cigarreta sense oferir-ne a Butxana. Aquest li estalvià la faena agafant-ne una que estava sobreeixida del paquet. Li demanà foc admirant l'encenedor de luxe que exhibia Garcia.

—Bona mistera, sí senyor. Li deu haver costat un ou. Vull dir peles, és clar —esmenà tot seguit.

—Anem al gra, Butxana.

—Sí, anem-hi. Estic impacient.

—Tot i la greu falta en què vostè va incórrer en el malaguanyat cas de la comtessa, i que, si he de serli franc, no oblidaré mentre visca, estic disposat a retornar-li la llicència sempre que s'atinga a les normes legals, en vigència per a tots els detectius que...

—Un moment, senyor comissari —l'interrompé Butxana en to seriós—. Quant a mi respecta, aquesta entrevista ha tocat fi si la proposició que em vol fer és la que jo em pense. Aquestes normes legals a què vostè fa referència no són de la meua competència. Li ho he dit moltes vegades i no em cansaré de repetirli-ho: no sóc un bòfia i per tant no remate faenes que no em corresponen. És a dir, continuaré amb la meua forma de fer les coses: no lliuraré mai un delinqüent. En tot cas, haurien de ser els meus clients els qui m'exigiren tal fórmula. I ni així ho faria. Jo no m'atinc a requisits legals de lletra menuda sinó a la meua consciència. I aquesta em diu que, mentre hi haja delinqüents de frac, que són els que veritablement afecten el pressupost general, és ridícul detindre furtamantes que, al capdavall —Butxana esbossà un somriure irònic—, fan que la ciutat semble d'allò més americana. Bé, açò no li ve de nou; si vol continuem parlant o, si ho prefereix, me'n vaig. Vostè mateix, comissari.

—Si per mi fóra, vostè estaria a Carabanchel.

—Si no li fa res, envie'm a la Model, està més prop de casa.

El comissari es disposava a contestar-li quan l'intèrfon féu un senyal d'avís. Premé un botó.

—Diga'm.

—Senyor comissari, tinc el sord al telèfon, ¿li'l passe?

—Sí, passe-me'l. Intente localitzar d'on telefona.

—¿Amb qui parle? —féu el sord a l'altre cap del fil.

—Amb el comissari.

—Alce la veu, sóc una mica dur d'orella.

—¡Amb el co-mis-sa-ri! —remarcà les paraules tot cridant.

—Bé, això m'agrada. Preferesc els superiors. Escolte, comissari, aquesta vegada no fallaré; el dia trenta mataré el bisbe.

—Però, home, ¿per què vol matar el bisbe?

Butxana, sorprès, prestà atenció a la conversa.

—Els capellans són els culpables de tot el que passa —amollà el sord—. Encara són els que manen i els que ho manegen tot. Hem de suprimir-los perquè la societat isca de l'endarreriment que pateix. Jo sóc l'elegit de...

—Mire, senyor, vostè el que ha de fer és vindre ací a veure'm, farem unes copes ¡xarrarem amigablement...

—Agarre airc, Perry Mason, ¿s'ha pensat que sóc idiota? Ja ho sap, el dia trenta la palma el bisbe.

El sord penjà.

—La mare que el va parir —remugà Garcia prement un botó de l'intèrfon—. Sóc el comissari, ¿ha localitzat la telefonada?

—No senyor, impossible, ho fa des d'una cabina.

—Està bé —sospirà resignat—. Poseu-vos en comunicació amb el secretari del senyor arquebisbe i digueu-li que el sord ha tornat a amenaçar. Tranquil·litzeu-lo en el sentit que no és res important, però, amb tot, que extremen les precaucions. Si necessiten alguna cosa que ens ho facen saber.

Garcia tancà l'interfòn. Butxana exhibia un somriure maliciós.

—Simpàtic, el sord, ¿eh, comissari?

—Sí, molt simpàtic —contestà amb veu agra—. Entre sords maniàtics, delinqüents i detectius fora de la llei... ja va bé la societat.

—No es queixe, home. Amb tanta gent aturada i vostè, ja veu, tan atrafegat. En fi, ens havíem quedat a la Model.

El comissari es bellugà un moment al butacó i adoptà una posició rígida. Extragué d'un calaix cartolines plastificades amb foto de carnet de Butxana; a continuació deixà damunt la taula una Star 9 mm parabellum.

—Ací té la llicència, el permís d'armes i la seua pistola...

—Molt agraït, comissari —féu Butxana prenent possessió dels permisos.

—Un moment, no vaja tan de pressa —Garcia l'agafà pel braç—. Abans m'agradaria arribar a un acord.

—Ja li ho ha dit adés, senyor Garcia...

—Deixe'm parlar, es tracta d'un altre assumpte.

Butxana s'estranyà que el comissari volgués arribar a un acord amb ell. Prestà atenció a les seues paraules. Li agafà un cigarret i se serví de l'encenedor.

—Quan vostè vulga —digué escampant el fum per la cambra.

—Anit em va succeir una cosa bastant desagradable. És possible que li faça gràcia, però li pregue que ho dissimule. Em posa nerviós que es riguen de mi. Bé, Butxana, m'han assaltat el xalet.

El detectiu estigué a punt d'esclatar en rialla. Ho hauria fet si la Star no hagués estat tan prop del comissari. Tampoc el semblant de Garcia no ho aconsellava. El més convenient seria fer una llarga pipada de la cigarreta. La féu.

—Continue, comissari.

—Fou a la matinada, mentre la meua dona i jo ens distrèiem amb una partida d'escacs. Com que no m'havien robat mai i no esperava ser víctima d'un robatori, utilitze poques precaucions. Normalment tenim els finestrals ben oberts i les poques coses de valor que hi ha a casa es poden trobar sense massa escorcoll.

—¿I com sap que succeí durant la partida? —féu ara Butxana, entusiasmant-se.

—El gos va lladrar.

—¿I no aconseguí detindre'l?

—Quan Rufo donà l'avís el lladre escapava amb una moto que no vaig poder identificar.

Butxana deixà entreveure un lleuger somriure.

—Aquest Rufo i jo tenim alguna cosa en comú.

—Sí, tots dos sou bastant animalots.

En benefici de la distensió Butxana acceptà l'acudit. Garcia semblà predisposar-se més amablement, tot i l'aspecte seriós que dibuixava la seua cara.

—Es tracta d'un secreter i un Omega d'or. El secreter és un record de família de la meua dona, contenia un adreç amb muntura d'or i ornaments de safir. És d'un gran valor sentimental.

—I econòmic, comissari.

—Efectivament, Butxana, però això no és el que em lleva la son. Seria capaç de pagar el doble del seu valor per recuperar-lo.

—Té una bona nòmina, vostè.

El detectiu s'alçà de la cadira i va recórrer a curtes passes el despatx. Es deturà enfront de Garcia recolzant les mans al respatler de la cadira on era assegut.

—És un robatori molt estrany, comissari. De tots els delinqüents que conec, i en són una garbera, cap d'ells, per raons òbvies, no s'atrevirien a robar al cap de la brigada criminal. Les primeres hipòtesis fetes sobre la marxa condueixen a pensar que, o bé es tracta d'una broma, suficientment pensada com perquè la resta de pispes s'emprenyen amb l'autor, o, per contra, es tracta d'un aficionat o un nouvingut d'altra ciutat. Si es tracta d'un neòfit la cosa encara té solució; en un moment o altre, els delinqüents sempre entren al mateix cercle d'amistats. Però si és un forà i s'assabenta a qui ha robat, segur que aviat fotrà el camp.

—Ja ho ha publicat la premsa.

—Sí que són ràpids, els monyicots de la canallesca.

—És l'altre càncer que patim a la brigada.

El detectiu posà cara beatífica. El comissari s'alçà de la cadira.

—Butxana, vostè és l'encarregat d'indagar l'assumpte.

—M'ho temia. És clar que es refereix que li duga el secreter.

—Mire, açò per a mi, representa una qüestió de dignitat. També vull el lladre.

—Es tracta de la seua dignitat, la meua ja fa temps que la vaig perdre i no m'he molestat a buscar-la. No pegue voltes al colomer. Serà un plaer tindre'l com a client sempre que s'atinga a les normes, a les meues.

—D'acord —resolgué Garcia convençut de l'obstinació del detectiu—. A canvi del seu treball li lliure la llicència, el permís...

—No s'embale, comissari. Jo dispose d'unes tarifes que no m'importaria de rebaixar-les tractant-se d'un client tan distingit. ¡Només caldria!, ¡sí, senyor!,

¡oferta d'estiu! Però d'aquí a treballar-li per la facial... Si vol el secreter haurà d'amollar uns duros. A més, necessite uns avanços. Fa sis mesos que no penque.

—Extorsionador.

—Diga-ho com li parega, però tire de cartera.

—No li avançaré més de quinze mil pessetes...

—S'agafa com un xotis, comissari. Em faré una copa.

Garcia estengué un talonari de la caixa d'estalvis de la Rioja i l'omplí de mala gana. Anotà l'eixida monetària al marge i li'l lliurà conjuntament amb els permisos i la pistola.

—Se m'oblidava, senyor Garcia, ¿quina forma té el secreter?

—No és més gran que aquest cendrer —assenyalà una mena de morter que hi havia a la taula—. Porta unes figures d'àngels tallades en pedra rocalla. En obrir-lo, emet una música religiosa.

—Entone-me-la.

—Sense conyes, Butxana.

El detectiu arronsà els muscles. Examinà la pistola.

—I ara, una altra. Quan em requisaren la Star el carregador anava ple. Les bales són cares. Si és tan amable, faça'm un rebut i passaré per intendència. 9 mm-parabellum.

El comissari li féu el rebut i l'acomiadà.

—Dedique's a l'assumpte i no vinga per ací sense el secreter i el rellotge. Si no ho troba, li retindré la llicència eternament.

Butxana saludà estil militar i, des de la porta, li dirigí una mirada sorneguera. Féu una portada que estaborní els timpans de Garcia. Aquest despenjà el telèfon.

—Joaquim, Butxana és a punt d'eixir. Es dirigeix al magatzem a arreplegar unes bales. Estiga atent. No el deixe un moment, ni de nit.

—Sí, senyor comissari —contestà enèrgic Joaquim.

Moments després de passar per la intendència de la comissaria, Butxana isqué al carrer. Joaquim estava a l'aguait i resseguí les passes del detectiu memoritzant al peu de la lletra les instruccions que li havia fet observar el tio Tordera. Un calfred emocional li recorria el cos davant el seu primer treball important. Ni l'enfonsament de la comissaria hauria estat capaç de fer-li apartar els ulls de la presa. Un bon perdiguer, el nebot de Tordera.

El detectiu s'aturà un moment en actitud pensativa. Resolgué començar la investigació visitant un delinqüent bon amic d'ell. La Colometa, li deien.

Accelerà les cames. Aquell carrer estava fumigat de flaire de bòfia.

8

El xofer aparcà l'Opel al costat de les oficines de Bancotrans, alçà el fre de mà i baixà del cotxe per tal d'obrir la porta lateral de darrere. Duia les mans enguantades i un uniforme blau obscur que anava a to amb el posat respectuós que adoptava en els moments de treball.

Obrí la porta amb suavitat.

Un jove prim i estirat baixà del vehicle amb un portafolis de pell de serp a la mà. Mirà cap a l'interior del cotxe per la finestra oberta.

—Adéu, papà... —Enric Calabuig vacil·là un moment—. Espere que reflexiones sobre la meua demanda.

El pare defugí les paraules del fill simulant estar abstret amb la lectura del diari que sostenia a les cames. Passà un full mostrant indiferència i continuà llegint; fixà la vista en un titular d'economia.

Enric romangué un moment al costat del cotxe, confiat a obtenir almenys una resposta. El pare tancà el diari i féu un senyal al xofer. Aquest pujà a l'Opel i engegà el motor.

Els veié marxar carrer avall fins que el cotxe es perdé en girar una cantonada. Els seguia un Ritmo amb dos homes dalt.

Enric Calabuig sabia per endavant la resposta negativa que, per altra part, ja havia obtingut la nit anterior quan, mitjanament entusiasmat, li confià a son pare, durant el sopar el seu projecte.

Daniel Calabuig sempre refusava els projectes econòmics del seu fill. Tot i que el feia partícip dels guanys que ell obtenia, procurava que la part d'Enric no fos excessivament abundosa. Per a viure amb luxes, n'hi havia prou amb les accions que un dia li va cedir. A més, el vell, en absolut no li agradava la mena de negocis a què amb tanta ardor es dedicava Enric. Ja desaprovà, en el seu moment, el negoci de les màquines de premi. Ell era un home que gaudia d'un excel·lent prestigi en els cercles econòmics de la ciutat, i temia que les frívoles aventures d'Enric el fessen impopular

entre l'empresariat. Procurava mantenir en secret els afers del fill. No volia saber-se'n de res, tenia un cor delicat i preferia no sufocar-se.

De vegades semblava que allò que pretenia el fill era capficar-lo. Com si tingués algun interès que el pare restàs intranquil cada vegada que es reunien per fer un sopar familiar. No succeïa sovint, allò de sopar junts, només quan Enric necessitava una quantitat de diners o la firma paternal per tal d'aconseguir un crèdit.

El vell preferia sopar ben sol, enmig de la fastuosa solitud del seu xalet enclavat en una zona residencial de la Canyada.

La presència del fill no feia sinó esgarrapar l'estètica sublim del gran saló, on el pare admirava infatigablement els quadres d'una valuosa col·lecció de pintura recopilada a força de temps. Això, i els informes que li facilitaven els tècnics sobre COFINSA, empresa que explotaria la central nuclear de Cofrents, eren l'esbargiment del vell al luxós xalet.

En passar l'estiu, la central es posaria en marxa i el vell veuria realitzat un somni d'anys. Les accions de la nuclear, com a única font d'energia, repartirien bons dividends. Les bogeries del fill no li entelarien la gran labor que havia dut a terme com a director del consell d'administració i accionista principal de l'empresa. El delicat estat de salut que patia el feia apartar-se de qüestions alienes al seu treball. Prou maldecaps li causaven la premsa d'esquerres i les colles d'ecologistes.

Durant molt de temps, els anys joves d'Enric, Daniel Calabuig tingué cura que el seu fill rebés una educació d'acord amb la classe social a la qual pertanyia. Havia vist com altres joves, fills d'amistats seues, es comprometien amb idees absurdes i execrables. El va fer recórrer diversos països europeus perquè assimilàs idiomes comercials i intentà que treballàs al seu costat per tal que aprengués el dur ofici de les altes finances on ell estava immers. Però ni una cosa ni l'altra desvetllà les inquietuds d'Enric. Ell tenia uns altres plans, uns altres negocis.

A fi que pogués desenvolupar-se per ell mateix i convençut, per altra part, de la poca afició que sentia el fill per les ideologies execrables, el pare el féu partícip d'unes accions i li muntà un despatx d'*import-export*. «Amb això —li digué—, tens prou per a viure.» Així, doncs, tot el patrimoni que estigués disposat a acumular, l'hauria de fomentar ell sol, independentment del que un dia acapararia a través de l'herència.

Enric malprengué una trepidant carrera comercial fent servir de tapadora l'oficina. Utilitzava el despatx per a algunes compra-vendes de ceràmica de Manises que introduïa a França i a Itàlia. També havia aconseguit suculents guanys amb l'explotació de mobles a l'Aràbia Saudita. Però això no era prou per a un home tan ambiciós com ell i decidí submergir-se en el negoci de la cocaïna i les màquines de premi.

Òbviament, son pare no sabia res del tràfic de narcòtics. Enric sols li comentava els afers que, encara que el vell no aprovaria, assentiria permissiu per a no complicar-se un poc més l'existència.

Però l'últim projecte del fill traspassava els límits de la permissivitat. Ja no es tractava d'assentir o desaprovar un negoci, es tractava d'una demanda, que, tot i que estava en condicions de facilitar-li-la, s'hi negà rotundament.

Ni era partidari d'un casino de joc, ni encara menys de *deixar-li*, tal fou la petició del fill, cinquanta milions de pessetes.

Enric Calabuig entrà a l'ascensor fullejant el diari i desatent a la salutació de rutina que li adreçà el porter de la finca. Llegia, però tenia el pensament allunyat de les notícies.

Arribà a l'oficina amb l'aspecte meditabund que no havia abandonat des que l'Opel s'enfilà carrer avall. Emma, la secretària, li féu el característic somriure de benvinguda i l'abraçà per la cintura oferint-li els sensuals llavis carmí lluent. La besà amb hàbit displicent. La secretària ho féu amb singular passió. Era part del treball.

—Fas mala cara —observà Emma—. ¿Et porte algun suc?, ¿un cafè? ¿o prefereixes menjar alguna cosa?

—No, deixar-ho. Ja m'he desdejunat —contestà intentant escapolir-se dels seus braços.

—No m'agrada veure't seriós.

—Ho lamente. Ho estic i no puc evitar-ho.

Emma li acaronà les galtes i li besà diverses vegades els llavis. Enric l'apartà suaument a un costat.

—En una altra ocasió, Emma. Ara he de fer unes coses i necessite estar sol al despatx. Per favor, no em passes cap telefonada i procura baixar el so de la música.

Li féu una palmetada al cul i es dirigí a la seua cambra de treball. Emma abaixà el volum del fil musical i es disposà a transcriure a la màquina diversos fulls que tenia escampats per la taula.

Enric s'assegué al butacó giratori. Encengué una cigarreta contemplant la visió de la plaça més cèntrica de la ciutat pels finestrals de vidre que feien de façana de la finca. El trànsit de gent i de cotxes que rodaven pels carrers, no feren sinó tornar-lo a capbussar en el projecte del casino de joc en què un consorci alemany li havia oferit de participar. Allò era un bon negoci que sentia com se li n'anava de les mans per culpa de la visió anacrònica que son pare tenia dels negocis. El vell era un moralista, pensà Enric. O potser tenia els comptes corrents massa atapeïts per a aventurar-se en altres afers. Bé que no tingué problemes de moral quan decidí casar-se amb sa mare, sent com era un poca-roba sense cap perspectiva. Havia heretat la seua fortuna i en disposava des de la mort de la dona, filla d'una insigne família benestant de la ciutat i emparentada, per via materna, amb els Urquijo. Enric maleí la prematura mort de sa mare, ja que si ella visqués les coses serien ben diferents.

Consultà el dietari. Tenia una setmana de temps per a donar una resposta al consorci. Al setembre començarien les obres del casino i aviat farien les compres del terreny per tal que al següent estiu es pogués inaugurar.

Encara no podia donar la resposta que ell desitjava. I ni tan sols perspectives de poder emparaular-la. No era convenient comprometre's sense la seguretat de disposar dels cinquanta milions en el termini d'una any. Una xifra impossible d'aconseguir sense el beneplàcit del vell.

No havia de deixar perdre la gran oportunitat.

De sobte, unes lletres del diari, que feia estona fullejava sense llegir, li cridaren l'atenció.

La petita notícia que informava del robatori efectuat al xalet del comissari li suggerí una idea. Despenjà el telèfon i amb el bolígraf marcà un número.

—¿Sí? —féu una veu rogallosa.

—Carles, sóc Enric. He de parlar amb tu hui mateix.

—¿Com?, ¿què?

—Despertat't, ja són més de les onze. Ens hem de trobar en algun lloc.

—¿On?, ¿per a què?

—On siga. Allí et diré què vull.

Es produí un breu silenci a l'altre cap del fil.

—¡D'acord! —féu Carles sospirant—. ¿On vols que ens trobem?

—Al Cari, és un bar que està situat a la pista de Silla, en una gasolinera que hi ha passant l'hiper Continente.

—Però... ¿ara?, ¿ja?

—Està bé —digué, pacient, Enric—. Ens veurem a l'hora de dinar.

—Sí, millor. A les dues ens trobarem allí.

—Fins després.

—Adéu.

Carles restà un moment pensarós amb l'aparell a la mà. Li estranyava la urgència d'Enric i la nerviositat de les seues paraules. Entre dubtes, es dirigí de nou a la cambra de dormir.

Ja a l'habitació, arronsà els muscles amb un signe d'ignorància i es ficà sota el llençol. Fos el que fos, no li importava. Acudiria a la cita. El seu estatus econòmic el devia a Enric. A més, Calabuig sempre tenia bons negocis entre mans.

Intentà prosseguir el somni.

9

Butxana alleugerí el pas i travessà pel semàfor situat enfront de la *boutique* Don Carlos; seguint per la voravia de la telefònica s'endinsà uns metres pel carrer Llúria. A les poques passes entrà a la caixà d'Aragó i la Rioja amb el xec de Garcia a la mà. Fins que no va rebre el canvi no tingué la certesa que el paperet en qüestió era convertible en moneda de curs legal. La crisi feia desconfiar de tothom. Més d'una sorpresa desagradable havia tingut ell amb aquells paperets de clients aparentment solvents.

El jove encarregat de pagaments li donà tres morats de cinc

mil pessetes. Butxana, davant la migrada col·lecció de bitllets, preferí canviar-ne un de cinc mil per cinc amb l'efígie de Pérez Galdós. L'empleat el complagué, i el detectiu isqué al carrer amb la impressió que era posseïdor de més diners dels que realment duia. Es repartí la quantitat en tres butxaques diferents.

Joaquim deixà en una taula un full informatiu de com fer rendibles els diners i fer-se alhora amb una enciclopèdia, i, a una prudent distància, resseguí les petjades del detectiu.

A aquelles hores, hi havia la possibilitat de trobar la Colometa a l'estació del Nord. Butxana es dirigí a l'estació, desitjós i encuriosit a esbrinar el singular pinxo que s'havia atrevit amb el comissari. Com era habitual en ell, començaria les investigacions consultant la gamma de delinqüents que li devien favors. Tenia la seguretat, per altra part, que cap dels tipus del cercle de la Colometa no era l'autor del robatori. Li tenien massa respecte, a Garcia. Millor motiu, perquè això facilitaria les coses, en el sentit que tant la Colometa com el Penjoll o el Greixo —l'executiva del cercle— no tindrien inconvenient a afluixar una mica el bec. Li simplificarien el treball indicant-li nous cercles i llocs de reunió. El nomadisme era bastant freqüent entre els pispes. Una forma com una altra de no fer tan senzill el treball policial.

L'estil modernista amb què l'arquitecte Demetri Ribes dissenyà l'edifici ferroviari perdia tot vestigi de serietat quan hom entrava al recinte de l'estació. Persones d'aspecte desconfiat i de pell torrada per un sol de faena es disposaven a patir el rigor de l'asfalt sortejant cossos estirats al terra; vagabunds i *hippies* retros jeien amuntegats pel vestíbul de l'estació com un senyal que advertia al fugaç passatger de la seua entrada a la metròpoli. L'esporàdic viatjant de comarca semblava receptiu al missatge; premia amb força les bosses i paquets temorós d'un assalt. Els de terra no es bellugaven ni poc ni gens. El d'ells era tot un altre viatge.

El detectiu vorejà el vestíbul pel costat del bar. Un sospir, una mena de dona en estat de descomposició, que mantenia una guitarra sense cordes entre les cuixes, li féu l'ullet, Butxana accelerà el pas.

Però si el *living-room* de la central ferroviària era esfereïdor, els wàters de l'estació representaven la connivència amb el superrealisme. Macarrons d'homosexuals, biprovadors de tota mena d'experiències i maricons de posat intel·lectual a la recerca del *morbo* perdut, es barrejaven amb els *autèntics* de sempre.

Butxana s'apropà als urinaris entre les mirades luxurioses d'un legítim de perruca torta. El detectiu procurava no provocar susceptibilitats desviant la mirada. El megàfon interior anuncià l'arribada del tren de Xàtiva. S'acostà a un pinxo.

Era un *menda* agitanat, amb pantalons vaquers molt cenyits i botes de mitja canya. Una camisa a flors de dubtós colorit li delatava l'uniforme de treball. En veure vindre Butxana tan decidit, el macarró esbossà un somriure maliciós i féu una passada de llengua pel llavi inferior. El detectiu aguantà l'embestida com pogué.

El tipus avançà un pas i llançà la cigarreta amb aire triomfador. Li digué:

—¡Que espavilat!, només vindre has sabut elegir. Tens el plaer garantit. ¿T'agrada el grec?

—Deixa-ho córrer, *superman.* Tinc *almorranes.*

—Pobret meu. Ja veuràs com t'alleugere, la meua llengua no té os.

—No saps el pes que em lleves de damunt, perquè vull preguntar-te algunes coses.

El fatxenda es féu arrere, desconfiat.

—Ets de la bòfia, ¿no?

—Depèn de la teua amabilitat.

—No estic fent res, estava fumant i observant l'arribada dels trens. No conec ningú de tots aquests —pegà una cabotada per indicar-li qui eren els altres. Aquests s'adonaren de la situació i escamparen el poll—. De veritat, home, només vinc per entretindre'm, no tinc faena i...

—Molt bé, ja n'hi ha prou —tallà Butxana—. Busque un amic que l'has de conèixer per força. Li diuen la Colometa.

—¿Colometa? ¡Ah!, sí, home. Ve sovint per ací, de tant en tant. Algun dia a la setmana.

—¿Quin dia?

—No és fix. Ja fa uns dies que no el veig. Però si vols trobar-lo, amb tota seguretat que serà a la sauna Olímpic.

—On és, ¿l'Olímpic?

—A Russafa, al carrer Vivons. Va a les vesprades. Pràcticament tots els dies.

—Gràcies.

Butxana s'enfilà cap a la sortida confós entre la gent que baixava del tren de Xàtiva.

—¡Ei, tu! —cridà el macarra.

—¿Què vols? —digué el detectiu, girant-se.

—¿Ha fet alguna mala cosa, Colometa?

—L'han vist amb una dona.

—Tu no ets bòfia —féu el bandarra, rient-se—. Tens massa conya.

El detectiu li agraí el compliment.

Ja al carrer, Butxana decidí fer temps a la cafeteria Tívoli. Marxà cap al pas de semàfor passant per una cabina telefònica on Joaquim simulava una trucada.

Entrà a la cafeteria i pujà l'escala que menava al menjador; s'assegué a la primera taula que es topà de front. Obrí el diari que havia comprat al quiosc de l'estació i demanà un *bitter* Kas, repenjant-se al sofà i deixant-se dur per la brisa fresca que corria al local. Més tard dinaria.

El nebot de Tordera esperà l'eixida de la presa bevent en una de les tauletes de fora. Suat, s'anava empassant el got de cervesa. Tot seguit el perdiguer ensumà una mena d'olor ranci que provenia d'una tauleta a la seua vora. Dues monges prenien cafè.

10

Quan Enric Calabuig isqué amb el seu R-11 nou de trinca de l'aparcament privat del carrer Moratín era la una i mitja del migdia. Féu una volta completa per la plaça dels Patos i sortí del districte central buscant el carrer Alacant i la pista de Silla.

En aquell moment, la cruïlla de Peris i Valero i el pont elevat sobre les vies del tren que travessen la ciutat, registrava una gran afluència de cotxes. Les fàbriques i oficines dels ravals de l'urbs vomitaven empleats desitjosos de fer l'àpat que partia la jornada. El canvi lent del semàfor havia allargat la cua. Enric engegà la *cassette:*

Waldo de los Ríos es disposà a destrossar Pau Casals dirigint *El cant dels ocells.*

Un gitanet d'aspecte pollós s'adreçà al seu cotxe amb la intenció de netejar-li el vidre davanter. Enric, amenaçador, es negà. El gitanet insistí. El conductor féu menció d'abaixar del vehicle, però ja era tard. La criatura havia fet la faena amb molta voluntat però poca fortuna.

—Dóna'm un duro —volgué cobrar el treballador autònom.

—Vés-te'n a la merda —respongué, empipat, l'esporàdic client.

—Fill de puta —conclogué el moreno.

El semàfor donà pas i les rodes de l'R-11 xisclaren en l'asfalt calent. En breus segons, el marcador del cotxe assenyalà una velocitat de cent quaranta per hora. Una vegada fet el rodatge, la casa Renault recomanava una màxima acceleració per tal que les peces mecàniques s'ajustassen més de pressa. Un Cryssler blanc de la guàrdia civil de trànsit es trobava aparcat a l'altura del primer pont de la carretera. Els dos homes d'uniforme es dedicaren un somriure quan el *flash* de l'aparell fotogràfic es disparà i continuaren fumant. La placa marcava vuitanta.

El R-11 entrà a la gasolinera, es dirigí a un assortidor i omplí el depòsit. Després aparcà el cotxe entre dos camions de transport internacional.

La mena de gent que pul·lulava per Cari eren camioners que anaven cap al sud i turistes d'altres àmbits que estiraven les cames. Només entrar al bar, Enric recorregué amb la mirada la superfície del local. No distingí la figura de Carles entre la nombrosa concurrència, es dirigí al fons del tuguri i s'assegué en una tauleta que estava situada al costat d'una màquina de tabac. D'una paret lateral penjava un rellotge; faltaven cinc minuts per a les dues.

Una de les cambreres s'aproximà i li oferí el menú del dia. Enric decidí esperar; demanà un Martini.

Entre copes de conyac i cançons de Juanito Valderrama que provenien d'una màquina giradiscs, una colla de camioners bromejaven amb les cambreres. Parodiaven la lletra del cantant tot posant-se de genolls davant seu. Les dones continuaven treballant sense ni fer-los cas. De sobte, un dels camioners premé les tecles del giradiscs i la màquina reproduí un *rock* dels Rolling Stones. Bufats com estaven, els treballadors del volant intentaven seguir el ritme trontollant per la sala i enduent-se per davant alguna cadira. Una família forana pagà el compte i sortí del bar. Una cambrera que agranava el terra rebé una palmetada al cul. L'ofesa etzibà una galtada a l'autor, i els camioners, tots plegats i en silenci, tornaren a la barra.

It's only rock and roll. Només era un *rock,* continuaren els Stones.

Aleshores entrà Carles.

Quan militava als baixos ambients, era conegut pel nom de Branon, l'Americà. Era un tipus important en un ambient on la superioritat es manifestava pel nombre de cicatrius que hom duia al rostre. Una profunda navallada li recorria un costat de la cara i tenia un posat fàcil d'esbrinar. La seua relació amb Calabuig es plasmava en les funcions de gerència que desenvolupava. Per una bona participació en els guanys tenia cura del negoci de les màquines de premi i vigilava la distribució de cocaïna. El capital, el posava Enric.

En un principi els negocis marxaren bastant bé. Tampoc ara anaven malament, però el Ministeri de l'Interior havia fixat unes normes que per la seua severitat minvaven els ingressos del joc. I quant a la cocaïna, legalitzat l'haixix, la competència era cada dia més forta. Tot i això, Branon continuava gaudint d'una bona posició econòmica, que, si bé no era la que somniava, li havia permès eixir de la situació de vulgar delinqüent per a passar a ser una mena de *padrino* per als pinxos i camells.

Per a qualsevol cosa important referent als afers comuns dels dos, contactaven en bars o llocs distants de la ciutat. Enric mostrava molta cautela amb les relacions amb Branon.

Calabuig alçà la mà cridant l'atenció de Carles. Aquest s'adonà de la seua presència, saludà breument i s'assegué enfront d'ell. Per tal de no interrompre la conversa, tots dos esperaren que la cambrera els servís els plats combinats.

Els camioners isqueren del bar.

La cambrera els serví l'encomanda. Calabuig deturà la intranscendent conversa que havien mamprès i, en marxar la dona, trinxà un tros de carn i es disposà a parlar de l'assumpte.

—Bé, Carles, supose que t'hauràs adonat que el motiu de la nostra reunió és conseqüència de negocis importants.

—Ja m'ho imagine. D'altra banda no m'hauries cridat —comentà Branon, satisfet.

—No cregues que es tracta d'un afer més. Aquest negoci d'ara és d'una gran envergadura i legal. Un consorci alemany m'ha oferit l'oportunitat de compartir amb ells l'explotació d'un casino de joc a Benicàssim.

—¡Un casino de joc...! —exclamà Branon.

—En efecte. Però necessite una quantitat de diners per a invertir, dels quals no dispose —Enric deixà els coberts a la taula—. Tinc una setmana de temps per a contestar-los. En uns dies compraran els terrenys i al setembre començaran les obres. La suma total de la meua aportació puja cinquanta milions de pessetes; d'ara a setembre he d'aportar-ne deu milions i la resta durant la construcció del casino. Carles, si jo entre al consorci, t'assegure una participació que farà que oblides les màquines de premi i la cocaïna.

—Seria fabulós. Però, ¿què he de fer? Ni tan sols dispose de la meitat de la primera quantitat...

—Ni jo tampoc. Sé la forma de tindre'ls. Però necessite de la teua participació.

Branon féu un glop de vi.

—¿De quant serà la meua participació? —preguntà deixant el got a la taula.

—No invertiràs ni un duro.

—¿Com?

Enric s'acostà a Branon i s'assegué a un costat de la taula, de cul a les altres persones. Abaixà la veu.

—He planejat un segrest.

Branon deixà la forqueta al plat i se serví un got ple de Paternina que s'empassà tot d'una. Amb el tovalló es torcà la boca.

—Has dit un segrest, ¿no?

—Sí, ho he dit. I no alces la veu.

—Això és complicat...

—Ja veuràs com no, et resultarà molt senzill.

—¿I a qui he de segrestar...?

Calabuig girà el cap. Observà com menjava la resta de la gent. Amb veu baixeta digué:

—A mon pare.

Branon sabia de les desavinences entre pare i fill. Més d'una vegada li havia confessat Enric la seua aversió envers el vell. Vivia amb la il·lusió que un dia li fallàs el cor.

—M'ho podia haver imaginat. Però ton pare és una persona molt important...

—I malalta. És possible que la dinye al moment mateix de segrestar-lo. No podrà resistir la impressió que produeix un cas d'aquesta mena.

—¿Els guardaespatlles i el xofer, què?

—El xofer lliura els caps de setmana, ja que el vell no ix del xalet. Quant als guardaespatlles, són la segona part de l'operació que parlarem ara.

—Jo sol no puc fer-ho. Necessitaria ajuda i no sé...

—D'acord, home, però beu —Enric omplí el got de Branon—. I menja, encara ho tens tot al plat.

Branon es posà a menjar mecànicament. No gaudia de l'àpat. Estava més interessat a assabentar-se dels detalls.

—¿I si el vell no rebenta, què?

—Tranquil·litza't, ho tinc tot previst. Si no rebenta continuaràs amb el segrest. Disposes d'una casa de camp a Llíria per a ocultar-lo. Mon pare la coneix, però no hi fa res, t'has de desfer d'ell siga com siga. De seguida entaularàs negociacions.

—¿Quina quantitat demanaré?

—Ni un duro.

Branon feu un gest d'ignorància. Alçà els muscles.

—No comprenc res.

—Demanaràs, conscient que ets el cap d'una banda terrorista, la demolició de la central nuclear de Cofrents.

—¿La demoliquè?

—No sigues ximple, collons. ¿És que no veus la televisió? Les bandes terroristes no demanen peles quan es tracta d'un assumpte polític. Has de complicar les pistes a la policia. La demolició vol dir que o enderroquen la central o la dinya el segrestat. Tu els dónes quarant-vuit hores de terme, i com que no l'enderrocaran, et carregues el vell i vos n'aneu

Branon assentia pegant contínues cabotades.

—El problema serà formar la banda —féu Branon.

—Coneixes un fum de pispes desitjosos de guanyar moltes peles amb tan poca faena

—Però no és igual robar una *cassette* que fer un segrest.

—Tu ho pots fer, t'interessa. I a aquest tipus, també.

Enric li mostrà un retall de diari amb la notícia de l'esdeveniment succeït al comissari Garcia. Branon el llegí atentament.

—Quan un tipus assalta el xalet del comissari —prosseguí Calabuig—, és perquè té coratge per a fer algunes coses de més importància. Aquest és l'home, Carles.

—Això pot ser una equivocació...

—¿Equivocació? ¡Hi ha milers de xalets i tu em parles d'una equivocació! El pinxo més ignorant de la terra sap quin és el xalet del comissari.

—¿Per què creus que li interessarà participar?

—Deu milions de pessetes li obriran les pestanyes. I a l'altre també. Sereu tres —Calabuig somrigué—. L'únic que obtindrà guanys seràs tu. Ells no cobraran.

—¿No?

—Quan acabe el segrest simularàs que hi ha hagut un tiroteig entre el segrestat i la banda. Moriran tots.

—És a dir, els mataré.

—Exacte. No voldràs ser una de les víctimes.

—És clar que no. D'aquesta manera no quedaran testimonis.

—I després tota la resta. Serem accionistes del casino; un deu per cent és la teua part. Que el dimoni s'enduga les màquines de premi i la maleïda cocaïna. S'acabaran els problemes.

Branon restà meditabund.

—¿I els guardaespatlles? ¿Has pensat la forma de liquidar-los? Són professionals de la pistola...

—¡Naturalment! —Calabuig estengué un paper blanc damunt la taula—. Mira —digué traçant unes línies—, la posició del xalet és aquesta. Està enclavat a la Canyada, molt solitari. En dos quilòmetres al voltant no hi ha cap xalet. Al vell, li agrada la soledat. Per anar-hi cal que agafes la pista d'Ademús, trenques a l'altura del polígon Font del Jarro i segueques la carretera fins a arribar a una fàbrica de mobles que es diu Moblac. Una vegada passes la fàbrica, a tres o quatre quilòmetres està el xalet. És el primer i únic d'aquella rodalia. Està vorejat d'una tanca d'obra bastant alta per la qual sobreïxen pins. Si t'aboques per la reixa d'entrada veuràs una caseta a la dreta de la piscina, que és on es troben els guardaespatlles. Mentre un d'ells fa guàrdia, l'altre resta a la caseta.

—¿On fa guàrdia? ¿A l'entrada?

—No, fa voltes per l'interior del xalet —Enric li mostrà un clauer amb dues claus—. Pren, aquestes claus són del xalet. I aquestes altres són de la casa de camp de Llíria. Està a l'eixida del poble, anant cap a Marines. La distingiràs per una gran figuera que hi ha a l'entrada del terreny. És fabulosa, la casa. Té un celler impossible de descobrir. La baixada al celler està darrere d'un armari-rober de l'habitació principal.

—¿Està allunyada del poble?

—Quatre quilòmetres, aproximadament. De tota manera cal que hi vages per tal de comprovar el funcionament del pany. Fa molt de temps que no vaig per allí. ¿Ho has entès tot?

—Sí, però falta un detall.

—¿Quin? —féu Enric, sorprès.

—El transport.

Calabuig féu un somrís burleta.

—També el tinc. Utilitzaràs una furgoneta de les que fem servir per a traslladar màquines de premi. La pintaràs d'un altre color i hi posaràs un rètol de servei de llanterneria. Ningú no s'estranyarà d'una avaria ocorreguda en cap de setmana.

—Ja veig que has pensat en tot.

—I tu, ¿has pensat la forma de trobar el pispa del comissari?

—No serà difícil. El Marsellès el buscarà entre els cercles de pinxos i jo ho faré entre els perits i els canvistes de joies. Li diré, quan el localitze, que es tracta d'un robatori important.

—Exacte, de quadres. El vell té una fabulosa col·lecció de quadres. Escolta, ¿el Marsellès aquest que has anomenat, és l'altre?

—Sí, ningú no sap res de les nostres relacions. Serà més fàcil d'entabanar.

—Bé —féu Enric, aixecant-se de la cadira—. Jo me'n vaig. Treballa de valent, l'operació ha de ser aquest cap de setmana. Si per qualsevol cosa has de cridar-me fes-ho al despatx. No em comuniques res que estiga relacionat amb els fets, concertarem una telefonada en cabina pública. ¿D'acord?

—Està comprès —contesta Branon, ferm i satisfet.

Calabuig cridà la cambrera i pagà el compte. Carles restà a l'espera de prendre una tassa de cafè. Mentrestant, encengué una cigarreta.

—Sort —s'acomiadà Enric.

11

El segon torn de cambrers estava per caure. Fede mirava insistentment el rellotge de la cafeteria; l'última mitja hora se li feia inacabable. I aquell dia encara més. Estava ansiós d'anar al pis i dur el secreter al perit de joies que havia trobat a les pàgines del *Trajín*. Una vegada fet el canvi, els problemes, encara que no abundants en allò que pertocava al robatori, s'acabarien. En arribar a casa, comunicaria al Nis l'esdeveniment de la compra del vídeo.

Tornà a mirar el rellotge. Faltaven quinze minuts per a les cinc i mitja, però Pau, el substitut, es disposava a posar la targeta al fitxer. Breus minuts després féu l'aparició el que reemplaçava el Polp. Aquest serví diversos combinats d'alcohol al taulell, afegí un tros de llimona a cada got i xiulà cridant l'atenció de Fede.

—¡Fiu...! és l'hora.

—Què m'has de dir, si fa hores que mire el rellotge...

Tots dos es dirigiren a la cambra-vestidor per abillar-se de passeig. Abans, però, fitxaren.

—T'invite al cinema. Fan una reposició de Gary Cooper: *Solo ante el peligro* —li digué el Polp mentre es pentinava—. Després podríem passar pel Manchego, m'has de presentar aquella valentota d'Albacete.

—Un altre dia, Polp. He d'anar directe a casa, el Nis no es troba massa bé. Ja saps, la calor.

—I això del teu germà —féu el Polp, encuriosit—, ¿no li ho pot arreglar cap especialista?

—És difícil, són malalties que es manifesten de tant en tant. He de satisfer-li totes les demandes; si no ho faig, empitjora el seu estat de salut. Una malaltia de per vida.

—¿I si un dia té ganes de passar-se pel catre una *gatxona*, què?

—Aleshores t'avisaré, et posaras una faldilla estreta i una perruca, et col·locaràs inclinat, així —Fede imità la postura—, mirant a Moixent i Nis t'obrirà en canal.

—La puta mare, xiquet —féu el Polp palpant-se instintivament el cul—. La deu tenir com un burro, el Nis. Esperem que no estiga picat de la flor.

—No ho crec —contestà Fede entre rialles—. Bé que se la casca quan ix alguna artistassa per la tele. L'altre dia van entrevistar en el programa... —Fede es dugué la mà al cap intentant recordar—: Ah, sí,

Esta noche con... veuràs, van entrevistar la Sara Montiel, no veges com està, la Sarita, ja ho veus, que sembla una moixama. Res, tu, mamprengué a fregar-se-la que el sentia esbufegar des de la cuina. Astorat, em vaig dirigir a la saleta. La càmera enfocava un primer pla del mamellam de l'artista. I el Nis, a dos pams del vidre, tirant de veta, emocionat.

—¿Què vas fer?

—Introduir-li dos trossos de gel dins la bragueta.

—Ets un malparit, Fede.

—Ben mal que em sap. Però l'especialista li ha prohibit tota mena d'emocions.

—Quina putada.

—No cregues, Polp. S'engul el gel i continua cascant-se-la. L'únic que pretenc és rebaixar-li la tensió.

—És a dir, li adulteres el plaer.

—Més o menys.

Plegats, sortiren de la cafeteria i muntaren en la Derby de Fede. La moto es deturà a la cantonada de Poeta Querol i el Polp baixà i es dirigí a l'ABC-parc.

Quan Fede deixà la Derby al vestíbul d'entrada de la finca, una veïna el va informar que havia vist marxar Nis al cinema del barri. El cambrer, agraït, li donà les gràcies. A la finca, entre el veïnat, existia una mena d'encant protector envers el seu germà. En realitat es tractava d'un temor més que d'un emparament. Sovint, en vida del pare, a les reunions que els veïns acostumaven a fer per tal de resoldre problemes que afectaven la finca, eixia, d'una manera subtil, la salut del Nis. El pare, capint l'estat d'ànim de la gent, els tranquil·litzava llevant importància al tema. Però el personal no restava massa plàcid i, fins i tot, intentaren suggerir-li la idea d'una recol·lecta, la finalitat de la qual serviria per a mantenir el Nis reclòs en un centre de recuperació mental. La proposta féu que el pare trencàs la relació amb la resta dels veïns. La gent s'oblidà del tema, però no pogueren evitar d'exercir d'una mena de bòfia de veïnat. Corrien temps de dèria policial.

També les associacions de veïns, en un temps capdavanteres de la llibertat i ara bastant institucionalitzades, reclamaven a l'Ajuntament, per motius de seguretat, la presència als barris de la figura del bòfia vigilant. Això sí, exigien una policia democràtica arrelada a les conviccions ciutadanes.

En algun lloc algú ho havia dit: demòcrata o no, un policia és un policia. I el veïnat semblava ignorar-ho.

Fede havia decidit anar al perit aquella tarda. Volia informar-se del valor en pessetes que representava el rellotge i el contingut del secreter. A tal efecte, i en previsió d'una tardança, preparà el sopar de Nis que deixà a la saleta d'estar, damunt del televisor, el lloc preferit pel seu germà.

Memoritzà l'adreça del perit que havia triat entre la renglera que li oferien les pàgines del *Trajín*. N'escollí un del barri Barona, perquè estava allunyat del centre. El districte central era més arriscat, allí es trobava la comissaria, el seu lloc de treball i, a més, era ben segur que els perits d'aquella zona tindrien el local ple.

En una bossa d'esports introduí el secreter i es posà l'Omega al canell per tal de fer creure al perit la versemblança de la propietat.

Barona quedava prop de Benimaclet, i, com que a l'avinguda Ramiro Reig el trànsit no era massa fluid, Fede decidí fer el trajecte a peu.

En un quart d'hora cobrí la distància.

Abans d'entrar a la botiga restà un moment mirant l'aparador i fent temps, ja que el perit, un home que lluïa canes a les patilles, atenia en aqueix moment una dona d'edat avançada. Fede observà atentament una gran *ràdio-cassette*, marca Sanyo. L'aparell semblava l'últim model amb què la indústria japonesa havia sobtat el mercat, amb una simetria moderna i un preu bastant convincent. No l'estranyà el preu assequible de l'aparell. Al sindicat havia sentit comentaris sobre les vagues tan peculiars que organitzaven els treballadors d'aquell país; acceleraven la producció i augmentaven d'aquesta manera l'estoc de l'empresari. Mirant-ho amb fredor, és possible que fos una bona idea, allò de produir més. Però s'havia de mirar amb fredor, és clar. Al cambrer, la rostidora de pollastres i la majoria de clients, el feien mirar les coses en graus elevats de temperatura. Compraria la *ràdio-cassette* com un acte simbòlic de solidaritat internacional.

La iaia isqué de la botiga.

Amb la mirada, Fede examinà l'interior del local. Era una tenda de dimensions reduïdes amb dues taules de treball. Una, la que enfrontava la porta d'entrada, l'ocupava l'home que havia vist des de l'exterior i que semblava l'amo, a jutjar pel posat dominador que exhibia. Li somrigué de la taula estant. En un costat del local, un jove seia capficat desmuntant unes peces. Ni tan sols observà la presència del cambrer quan dringà la campaneta de la porta.

L'home canós s'alçà i acudí al seu encontre.

—Vostè dirà, senyor. ¿Desitja alguna cosa? —Digué dirigint-li una sobtada ullada al rellotge que contrastava amb la vestimenta.

—Tinc entès que vostè avalua joies.

—Així és. ¿Les porta, vostè?

—Sí.

Fede extragué de la bossa el secreter enrotllat amb un plàstic de supermercats Jobac, desplegà l'embolcall i obrí la capsa. El perit es mostrà sorprès per la musiqueta que emetia el secreter.

—És curiós, feia molt de temps que no veia un secreter tan antic. Ja no en fabriquen, de musicals.

—És de ma mare.

L'home palpà les figures de la capseta.

—Possiblement siga de la seua àvia.

—Potser sí. No la vaig conèixer, l'àvia. Ma mare no em digué la procedència. De totes maneres no és el secreter el que m'interessa que m'avalue, sinó l'adreç.

El perit buidà el contingut a la taula i després d'una breu anàlisi dirigí la mirada on era el cambrer. Aquest esperava ansiós una resposta.

—S'ha de mirar amb més calma, però la primera impressió sembla satisfactòria.

—Bé, això ja ho sabia. El que vull saber és el seu equivalent en diners.

—Aproximadament, és clar.

—Sí, és clar.

—¿De les pedres o de la muntura?

—De tot.

L'amo cridà l'atenció del jove que en aqueixos moments parava esment en la conversa.

—Pau, desmunta l'adreç, examina'l i pesa la muntura i les peces, per separat.

El jove s'endugué el secreter a la seua taula. Amb unes garretes subjectà la polsera i començà a desmuntar els safirs amb unes petites tenalles de punta fina.

El perit aprofità per a explicar a Fede el mecanisme de l'operació que havia ordenat a l'empleat. Calia desmuntar l'adreç perquè la muntura d'or era d'un pes i d'un preu diferent a les peces de safir. «Per cert —li digué—, el preu de l'or fluctua bastant per les variacions que registrava el mercat internacional. L'or —continuà l'amo— va a l'inrevés de les pujades de les monedes fortes.»Fede assentia, conveçut que allò que pretenia el seu interlocutor era rebaixar-li les pretensions econòmiques.

—Li vaig a dir una cosa —féu l'home—, no tinc costum de comprar les joies que avalue, però l'adreç aques és tan bonic... També sóc col·leccionista. Per ací va el meu interès.

—Sí, comprenc.

Patilla blanca s'embalà.

—Si arribem a un acord, vostè em dóna la seua adreça i li puc telefonar.

—Jo voldria cobrar-ho de seguida. Tinc necessitat de diners.

—Bé, no ens precipitem —es girà de cara a l'empleat—. ¿Ho tens, Pau?

—Sí, ja està —contestà l'empleat— la muntura de les arracades i l'anell 35 grams, la polsera 50 grams i les pedres 0'20. Hi ha tretze pedres en total. Tot és autèntic.

L'home eixamplà la labial.

—M'ho figurava. I, ara, en podríem parlar.

—Parlem-ne.

—¿Què vol, per l'adreç i el secreter?

—No sé... els tècnics són vostès, ¿no?

—Sí, és clar, però abans d'entrar en l'assumpte econòmic s'han de tenir en compte altres formalitats, diguem-ne extraprofessionals. No sé si m'entén, vull dir que hi ha certa mercaderia que, per les seues caraterístiques, és difícil de col·locar...

Fede s'enutjà.

—No creurà vostè que jo... jo...

—No, no —tallà l'home—, jo no crec res, ningú no creu res. ¿Entesos? Sí, ho ha entès, m'adone perfectament que ho ha entès. En fi, li oferesc tres-centes mil pessetes per l'adreç. No m'agrada el regateig, és el màxim que puc donar-li.

El cambrer obrí un silenci fent un càlcul mental amb rapidesa.

—Bé, d'acord —contestà.

—Molt bé, fenomenal, és un bon negociant —digué el perit simulant estar satisfet pel tracte.

—També vull vendre el rellotge.

—El rellotge no m'interessa.

Fede insistí.

—Li faré un tracte. Li'l canvie per la *ràdio-cassette* Sanyo de l'aparador.

L'home arronsà els muscles i alçà els braços.

—M'interessa tant el secreter...

—El cambrer somrigué, satisfet.

—¿Quan podré cobrar?

—Supose que ho voldrà en metàl·lic, ¿m'equivoque?

—No s'equivoca.

—En aquest cas necessite un parell de dies o tres per a reunir la quantitat. He d'atendre altres compromisos. Done'm el telèfon i el podré avisar.

Fede dubtà.

—No... no tinc telèfon, jo. Done'm el seu, jo li cridaré.

L'amo li allargà una targeta. El cambrer se la guardà en una butxaca i, enrotllant el secreter i el rellotge amb el plàstic, els introduí a la bossa d'esports. Encaixaren.

—D'ací a tres dies, no ho oblide —l'acomiadà l'amo.

—Sí, segur —contestà Fede.

Només sortir el cambrer de la tenda, l'amo féu un senyal a l'empleat i aquest isqué darrere, seguint-lo.

Immediatament, l'amo entrà a la rebotiga i marcà un número de telèfon.

—Digueu —contestà una veu a l'altra banda del fil.

—¿Branon?

—Sí, jo sóc.

—Crec que tinc el pinta que busques.

—¿Estàs segur?

—Totalment. Li he oferit una quantitat ridícula per un adreç i ha volgut canviar un Omega d'or per una *ràdio-cassette* que no val la quarta part. De no ser robat, no hauria acceptat l'oferiment. Més encara, ho duia tot per desmuntar.

—¿On viu?

—Telefona'm a la nit. Pau li va al darrere.

—Perfecte. T'estic molt agraït.

—Ja saps, tu com m'agraden a mi els agraïments.

—T'ho enviaré per correu.

—Com més prompte ho envies millor.

—Demà mateix, t'ho mereixes. Adéu.

—Adéu, Branon.

El perit penjà el telèfon, s'encengué una cigarreta assegut a la cadira i mirant l'entrada de la botiga...

—¡Aficionats!

Expulsà el fum i soltà una rialleta.

12

Un rètol vermell on sobreeixia la figura atlètica d'un gimnasta advertia al vianant la presència de la sauna Olímpic. Butxana es deturà un moment davant l'entrada de local, a la voravia d'enfront, indagant la mena de gent que accedia a la sauna.

De posat seriós, la clientela olímpica eren tot homes desitjosos de trencar el seu comportament introvertit del carrer. Pels cotxes que conduïen, que aparcaven en un solar del final del carreró, semblaven tipus de bona posició econòmica. Alguns, la majoria, entraven acompanyats de joves d'estimable silueta. Uns altres, ben sols, esperaven trobar companyia entre la calor vaporitzada d'un bany turc. Els polits efebus que pul·lulaven al llarg del carrer farien fàcil la recerca, atents com estaven a les mirades de contrasenya d'ànimes solitàries.

Allò suggerí al detectiu una mirada endarrere en el temps. Recordà els seus anys de pubescència quan també ell necessitava de la companyia d'un «home gran», d'algú que el pogués adoptar temporalment per tal de poder-lo «colar» als cinemes, on la projecció fílmica no permetia l'entrada als menors de setze anys si no anaven acompanyats de persones «majors». Donava resultat, en aquells temps, l'adopció d'un pare de conjuntura, d'un home gran que infonia seguretat.

Un record, el de Butxana, que no es corresponia amb la realitat del carrer Vivons, o potser sí, segons la necessitat peremptòria que hom pot tenir d'un pare.

Joaquim deambulava pel carrer com si aguardàs algú.

Després d'una estona d'espera, el detectiu decidí entrar al recinte sàunic confiat a coincidir amb la Colometa en aquell cau. No el feia massa feliç la idea de rondejar pels intrincats passadissos de l'Olímpic que una porta mig oberta li mostrà.

Es distingia, en primer terme, una cambra on dos aparells en forma de jaç emetien raigs ultraviolats sobre la pell de dos individus que pretenien rostir-se d'un to més estival. Amb resignada paciència, els dos homes sotmetien els cossos a la rigor calorosa d'aquella mena de sandvitx elèctric, com si es tractàs d'una condemna d'inquisidors progressistes. Esperant en un sofà, dos més llegien una revista a l'expectativa del torn de sacrifici.

Més enllà de la cambra s'allargava un passadís amb dutxes a una banda i a l'altra. Al fons, el passadís es trencava en dos corredors de distinta direcció.

El detectiu decidí entrar-hi.

—Tu ets nou per ací, ¿veritat?

Una veu efeminada el sorprengué des de darrere del taulell d'entrada.

—Sí, efectivament, no he vingut mai.

—Ja ho he notat, no cregues. La teua curiositat desperta sospites —l'homosexual parpellejà successivament amb certa gràcia—. Sí, ho sospite, busques emocions fortes, emocions que només l'Olímpic et pot oferir. Ací estàs entre els teus, no cal que mostres estranyesa, comporta't tal com ets, sense ambigüitats ni prejudicis. Ací no preguntem mai el nom.

—El cas és que jo sí que volia preguntar-te per un nom...

—Un nom, un nom —repetí l'homosexual suaument enutjat—, sempre un nom, ¿que no t'agrada cap dels joves de la porta?

La colla d'efebus, el policia inclòs, somrigueren com si els anassen a fotografiar. Butxana predisposà el semblant i evidencià amabilitat.

—Bona collita —contestà. I tot seguit afegí—: Però busque un amic meu de nom la Colometa.

—Que ressuscite la Geperudeta si és veritat això que acabe de sentir —exclamà el porter, escandalitzat—. ¿Què fa un xic com tu amb una pellorfa com la Colometa? Xiques, ¡quina llàstima! —digué fent partícips del desastre els dels raigs ultraviolats—. Vés, fillet, vés i que santa Llúcia et conserve la vista. Està al pis de baix, la Colometa, a la sauna.

El detectiu s'enfilà cap a l'escala.

—Escolta, valent —cridà el porter—, a la sauna es va en porreta, ¿o és que vols que t'ho arreglen per telepatia?

—És clar, sí, les presses...

—Pren, impacient, la clau de la taquilla. Està ací, a l'esquerra darrere meu —li retallà una entrada—. Són cinc-centes peles, flor de *loto*.

Butxana pagà l'entrada i marxà directe al vestuari. Es desvestí i deixà la Star sota la roba, no necessitaria més armes, a jutjar per l'aparença del local i els seus habitadors, que la sense os amb la qual el disposà la natura.

S'endinsà cap a la sauna portant com a única peça de vestir una tovallola que li cobria des de la cintura fins a la meitat de les cuixes, entre mirades que incitaven a emocions fortes dirigides per homosexuals, als quals, la novedosa presència del detectiu, els feia desentendre's de l'habitual amant.

Butxana empenyé la porta de fusta de la sauna. La gàbia calorífica es trobava a les fosques i el termòmetre de l'entrada marcava prop dels setanta graus de temperatura. El detectiu començà a suar. Una mà anònima el desprengué, d'una revolada, de la tovallola púdica. Butxana preferí restar un moment quiet, amb el cul aferrat a la paret, fins que pogués acostumar-se a la foscor del local i poder així agafar del coll l'animeta que s'havia pres la molèstia de donar-li la benvinguda. Regnava un silenci absolut només trencat per alguns esbufecs aflautats.

De sobte notà un toqueteig calentíssim que li pujava el genoll. El detectiu, a les palpes, encertà a agafarlo del cabell i l'apartà amb delicadesa a una vora quedant-se-li un perruquí ressec a la mà. A poc a poc, se li feia més clara la situació. Al bell mig de la sauna, distingí un muntó de set o vuit persones que, com una mena de falla, assajaven tots els númerets que el Kama-Sutra s'oblidà d'explicar. Un braç per ací una cama per allà, la falla humana guardava l'equilibri com millor podia.

El del toqueteig tornà a insistir, aquesta vegada amb més gosadia, arribà a pujar la mà més del límit. Buscava la perruca, segur. La resposta del detectiu, molt home ell, no es va fer esperar.

Prement-lo per les aixelles el llançà al nombrós *menage* que s'arremolinava al mig de la sauna. De seguida tot foren crits d'esglai i queixes per algun mos escanyat. La falla caigué i es partí en dues parts: una banda ho féu per la part de les banquetes produint un soroll i tal embolic que, per un moment, el petit recinte es convertí en una guerra a les palpes.

Allí tot déu fotia hòsties i no sabia per quin motiu, però no era qüestió d'estar-se quiet esperant rebre de bescoll. El detectiu no bellugà el cul de la paret; la d'ell, era una doble defensa.

On era Butxana anà a parar un tipus que havien enrefilat des de l'altre costat de la sauna; el detectiu alçà un braç amb un intent de tornar la carambola quan sentí la patètica veu de la Colometa.

—No, Butxana, que sóc jo, el teu amic.

—T'has lliurat de miracle.

—Però, ¿què fas ací?

—M'he fet del gremi, Coloma, açò són emocions i no el que proporcionen les dones, més avorrides que un discurs parlamentari.

Un tipus més pelut que King-kong li posà les mans a Colometa, encarant-se'l. El goril·la s'havia pres allò com un saló de l'Oest.

—Rema-li, Butxana, rema-li...

El detectiu no s'ho pensà i el King-kong de marres isqué rebotat en direcció a l'única banqueta que restava per tombar.

Colometa buscà refugi en el cos corpulent de l'amic.

—Deixa'm que m'amague, Butxana.

—Si vols refugi posa't al meu costat, darrere ni ho somies. D'ací me'n vaig jo fet un home, per la mare que m'ha parit.

La batalla perdé el seu to amistós de palpeig per donar pas a l'aviació; una banqueta volà pels aires vaporosos de la sauna. Colometa agafà del braç Butxana i el menà a l'eixida camejant per damunt dels qui s'havien tirat al terra evitant els colps. Isqueren i tancaren la porta amb rapidesa. Fora, el soroll era més opac.

—Ja m'agradaria saber qui ha estat el fill de la gran puta que ha organitzat aquesta *mêlée* —féu Colometa, irritat.

—Deu ser algun infiltrat.

El Coloma fità la cara sorneguera del detectiu.

—Valent rebenta-*menages* estàs fet. Au, milhomes, que ens hem guanyat una dutxa.

—Lleuger, que em desintegre.

En pocs minuts, reberen una dutxa d'aigua freda i es vestiren. Butxana, mentre li queia l'aigua pel cos, se li acudí pensar en les restriccions que en feia l'Ajuntament. Criminal, realment criminal si l'arriben a tallar en aquell moment.

Abans d'eixir veren entrar al vestuari un homosexual que mostrava els senyals de la batalla sàunica. Tot i això, el guerrer, en el fragor de la batalla, encara havia pogut recuperar el perruquí que, amb la poca llum del recinte i les presses, se l'havia col·locat de cantó, tapant-se una orella; semblava un paracaigudista de passeig. Detectiu i acompanyant esclataren en una rialla mentre pujaven per l'escala que menava al vestíbul, per deixar la clau de la taquilla.

—¿Ja te'n vas? —preguntà el porter.

—¡Uf!, massa emocions per al primer dia —contestà Butxana.

Colometa ja era al carrer parlant amb el grup de macarrons on s'havia adherit el policia.

—Ja t'ho he avisat, fillet, l'Olímpic és única —el gai de la porta intentava fer publicitat no encoberta, com diria un locutor de televisió.

—I que ho digues, però jo de tu baixaria a fer una miradeta a la sauna. El personal està d'un masoquisme...

Butxana es reuní amb Colometa i marxaren cap al carrer Cadis. A mig carrer, i a petició del detectiu, entraren en una orxateria. El local estava buit i tots dos s'assegueren en la primera taula que els vingué a la mà.

L'orxateria estava tota pintada de blanc. També les cadires i les taules eren blanques. La cambrera, amb davantal blanc, els serví dos descomunals gots de líquid blanquinós. Butxana li observà la remenadissa de cul quan tornava al taulell, magrós i a punt de rebentar-li els pantalons. Blancs, per cert. En aquell local una mosca tenia tant de futur com una puta buscant faena a la cúria romana.

—Colometa —digué el detectiu després de fer un llarg glop d'orxata—, tinc necessitat de la vostra ajuda.

—Només el Penjoll i jo et podem ajudar. Fa temps que no sé res del Greixo, quan arriba la primavera es desplaça al sud, a Torremolinos i Marbella. Però digues, ¿què passa?

—Et vas a baquejar, Coloma, han assaltat el xalet de Garcia.

—La mare de Déu santa, ara sí que me l'has clavat —féu Colometa en sentit figuratiu, és clar.

—Com t'ho conte. Va ser anit, de matinada.

Aleshores entrà el policia al local i demanà una llet merengada, dret, en el taulell, ben prop d'on estaven asseguts ells dos.

—Supose que vosaltres no tindreu res a veure amb l'assumpte, ¿no? —interrogà Butxana.

—No em fotes, collons, ¿però tu creus que anàvem a enganxar la foca de Garcia amb la clientela tan selecta que tenim?

—Tranquil, Coloma, és la pregunta de rigor.

—No et poses en pla Ballesteros, home, que un és professional amb molts anys de dedicació i no roba a la bòfia. Això és un neòfit o algun pispa d'estiueig —xuclà de la palleta—. ¿Què li han robat?

—En diners no massa, és més la part afectiva del material...

—Ja sé —tallà Colometa—, les bragues de la dona.

I esclatà a riure. Joaquim aguantà l'envestida, amb gust l'hauria engabiat.

—Una mica de formalitat, Coloma —féu Butxana, amb ironia—. Li han fotut un secreter molt antic i un Omega d'or. Al secreter hi havia un adreç amb muntura d'or ornamentada amb pedres de safir, un record de família de la seua dona. Està molt enfadat, el Garcia. Però el més interessant del cas és la meua llicència; si no li ho porte tindré problemes. M'heu d'ajudar, no m'agrada refregar-t'ho pel morram, Coloma, però em deveu favors...

—Compta amb nosaltres, Butxana, però no perquè et deguem favors, sinó perquè som amics, així de clar. Hala, acaba't l'orxata i *mone* a buscar el Penjoll, de segur que és al Marraquech.

El pispa s'alçà i es dirigí a la barra a pagar les orxates. El detectiu exhaurí el got i tots dos sortiren al carrer adreçant-se a la gran via Germanies i buscant el carrer Xàtiva. Abans d'anar-se'n, Colometa examinà un moment el rostre de Joaquim.

—Butxana —féu el pispa mentre caminaven—, el tipus que hi havia a l'orxateria el conec i no recorde de què.

—Deu ser un macarró, estava a l'entrada de la sauna.

—Ah, sí —exclamà el Coloma—. De totes maneres, adés, quan l'he vist, em sonava el seu caràcter.

—De segur que te l'has passat per la pedra.

—¡Ca, home!, jo tinc un gust molt refinat; a mi m'agraden els de la teua talla, ben sanets i forts.

El detectiu li dirigí una mirada benigna.

El policia mirà el rellotge; ja havia passat mig minut des que detectiu i acompanyat isqueren de l'orxateria.

Fins arribar al *pub* Marraquech, la Colometa detallà fil per randa a Butxana tots els treballs que d'un temps ençà havien realitzat ell i el Penjoll, amb un èxit que el mateix pispa qualificà d'insuperable. Tal era l'èxit, que havien decidit agafar unes petites vacances i poder gaudir d'una tranquil·litat temporal ben guanyada. El detectiu aprofità la xerrameca per tal d'instruir-se i assabentar-se dels nous canvis que s'havien produït al llarg del seu parèntesi, i en tot allò que pertocava als magatzemistes del material robat. Un per un, i en això el pispa era una enciclopèdia, li donà noms i situació de tots els implicats en la distribució a gran escala.

Butxana prengué nota mentalment de tots els detalls més importants. No cal dir, per altra part, el recordatori que Colometa li féu del pacte que tenien firmat des de feia molt de temps: ells l'informaven, però Butxana s'abstenia d'investigar robatoris on algun dels tres eren implicats. Encara que no sempre, segons la mancança de treball del detectiu o de l'altra part.

Era, si es vol, un pacte estrany que cap de les parts implicades no sabia explicar; tant se val, venia d'anys, el pacte, i ja se sap que un costum esdevé una llei. Una llei signada només per la paraula d'uns individus, que es defensaven així d'una societat estúpidament hipòcrita. O així la contemplaven els ulls d'un automarginat com Toni Butxana.

El carrer Pelai estava bastant animat en aqueixes hores de la vesprada, Colometa indicà al detectiu que el Marraquech quedava cap al final del carrer. Butxana es deturà davant l'aparador d'una gran llibreria, féu una ullada als llibres i hi entrà a comprar-ne un, del qual li havien parlat i que, d'alguna manera, sincronitzava amb les seues idees; es tractava d'una novel·la feta per dos tipus no menys delictius que els personatges que havien creat. Obrí el llibre i el fullejà. A jutjar per les cares dels autors que anaven a les solapes, el detectiu no dubtà un moment que allò seria un bon manual. Pagà i isqué de la tenda.

Pelai és un carrer estret amb una sola direcció per als vehicles motoritzats que, amb dues fileres de cotxes aparcats a banda i banda del carrer, dificulten l'excessiva circulació rodada que registra durant tot el dia.

Als restaurants de cuina casolana i xinesa, bars de vermuts ràpids, sales de màquines de premi i un trinquet de pilota —esport nacional d'estranya supervivència—, se'ls havia afegit, en contra de l'opinió del veïnat, una sèrie de *pubs* que lluïen a els façanes rètols de neó de diferent colorit i mida, que fan del carrer, si més no, una estampa impròpia d'un barri artesà.

A mesura que detectiu i acompanyant s'apropaven al Marraquech, les notes sorolloses de *Better off dead*, una cançó de Rod Stwart, se sentien més estridents i més emprenayadores per a una colla d'homes i dones grans que, asseguts a la porta de casa, prop dels *pubs*, contemplaven, impotents, el paisatge d'un barri que havia estat d'ells.

Fills de notaris amb *jeans* i ninetes de classe decadents, rivalitzaven en un estúpid bellugueig de malucs poc rítmic. Formaven part, possiblement, del pla de *nuevas generaciones* d'algun partit polític.

Butxana entrà al *pub* sense dirigir-los cap mirada. D'un temps ençà, s'havia fet el ferm propòsit de cuidar-se la retina.

Com era d'esperar, el Marraquech tenia un decorat àrab. La moda arabista havia arribat a tot arreu com si, de sobte, en un país on un sector de la seua població apostava per unes arrels més recents de catalanitat, uns altres pretenguessen diluir-la en el còctel de l'emmerdat Mediterrani, amb el perill de trobarse —açò de les arrels no se sap ben bé on condueix— amb la misèria del no-res més absolut.

Altres, com el Penjoll, preferien temptar —cap intel·lectual no ha determinat encara el grau d'inconsciència— la sort de juntar tres *cirsars* en una màquina de premi que engolia monedes de cinc duros per una ranura. Alienats, els diuen, als tipus d'aquesta mena.

Aleikum salaam —saludà Butxana, posant-se a la moda de l'ambient.

—Tu el doble, per si de cas —féu el Penjoll, girant-se i encaixant amb l'amic detectiu—. No em digues que t'has fet *novio* del meu soci —bromejà el pispa assenyalant amb un dit Colometa i bufant-se una grenya, estirada fins al nas, i apartant-se-la a una vora.

—Hem fet l'estrena avui —contestà el detectiu—, però encara hem de formalitzar-ho.

Tots tres rigueren entre colps amistosos de bescoll.

—Deixa la maquineta que hem de parlar —ordenà Colometa.

—¿Que la deixe?, se m'ha engolit vuit-centes peles, la mala puta...

—Demà li les traus, vinga, anem a la barra a beure alguna cosa.

—Pagues tu, ¿eh?

—Si serà malparit... —remugà Colometa entre dents.

El cambrer, en el sublim del folklore, anava cofat amb un barret marroquí, camisa de mànegues amples i un jupetí negre, que, amb la seua cara ornamentada d'un gran i poblat bigot negre, el feia aparèixer un autèntic fill d'Al·là.

El tuareg arribà a l'extrem de la barra.

—¿Què prendreu?

—Jo un te —demanà Colometa.

—Cervesa amb ginebra, que siga Larios —exigí el Penjoll.

—A mi, un sandvitx, tinc més fam que un mestre de la República. I una canya.

El cambrer continuà mirant Butxana.

—¿De què el vols, el sandvitx?

—Menys de fil-amb-pua del que vulgues.

—Entesos —digué i marxà el cambrer.

Colometa, sense dir res, marxà al carrer. El Penjoll s'encarà al detectiu.

—¿Algun problema, Butxana?

El detectiu li demanà una cigarreta, aplicà un llumí a la punta i xuclà dues o tres vegades amb força, després, i una vegada més, repetí l'afer ocorregut al comissari, la seua conversa amb el cap de la brigada criminal i el compromís que havia adquirit. Quan acabà, féu un xapurreig de cervesa i aspirà profundament. El Penjoll restà bocabadat.

—Té tota la traça d'una venjança. De vegades jo mateix he estat temptat de gastar-li una putada, al Garcia —confessà el Penjoll—. En certa ocasió em féu una maneta d'hòsties i això és una cosa que la tinc present. Si fins ara no he fet res no ha estat per ganes, el que passa és que no he volgut que els altres se'm rebotaren.

—Jo m'incline per un aficionat o un nouvingut, darrerament patim una colonització per part de Vallecas.

—Ja pots dir-ho, Butxana. Mira que Madrid és gran, ¿eh? no res, tu, a fotre els d'ací. Déu, que lladres són.

El cambrer serví un sandvitx de pernil dolç. El detectiu es disposava a trinxar-ne un tros quan la Colometa el va interrompre.

—Ja sé qui és el tipus de l'orxateria, Butxana. ¿No t'he dit adés que el coneixia?, ¡la mare que el va parir, i tant que el conec! ¿Saps qui és?

—¿Qui? —preguntà el detectiu, inquiet.

—És policia.

—¿De qui parleu, collons? —interrogà el Penjoll al seu soci.

—D'un pinta que hem vist a l'entrada de la sauna, després en l'orxateria del carrer Cadis, on nosaltres hem parlat, i ara ací. A més, Penjoll, tu també el coneixes.

—¿On és?

—Fora, a la voravia d'enfront. Porta una camisa blanca i uns pantalons marró clar.

El Penjoll es dirigí a l'eixida del *pub*, féu una ullada a Joaquim i retornà a la barra.

—Sí —afirmà—, jo també n'estic segur, és policia.

—Està bé, està bé —els tranquil·litzava Butxana—, ara ens ocuparem d'ell. M'havia d'haver figurat que el malparit de Garcia no jugaria net. D'ara endavant us heu de fixar a qui porteu darrere. Anem a ultimar detalls primer.

El detectiu s'empassà el sandvitx amb prestesa i s'acabà la cervesa que encara restava al got.

—Dóna'm una cigarreta, Penjoll.

—¿Una altra? A veure quan compres tabac, no te n'he vist mai un paquet.

—Bé —digué el detectiu apagant al misto—, Colometa, tu t'ocuparàs de visitar el barri del Carme, del de Sant Josep i, si et dóna temps, fes una volta pels bars de la Malva-rosa. Pregunta a tots els coneguts que siguen de la teua confiança. Tu, Penjoll, acosta't al «distribuïdor» aquest que m'ha explicat adés el teu soci i informa't si ha entrat alguna mercaderia

de la propietat del comissari. Si ho aclareixes visita de seguida el canvista de marres i em telefones. Si no sóc a casa deixa l'encàrrec al contestador automàtic. ¿D'acord?

—Correcte —contestà el Penjoll.

—Bé —féu Butxana—. Si no aconseguim cap resultat positiu ens veurem demà a la mateixa hora, ací.

—Està comprés. ¿I del Mata-hari de la porta què fem?

—Anem a per ell.

El detectiu i el Penjoll isqueren al carrer. Colometa es quedà pagant el compte. Una vegada fora, Butxana féu un senyal al Penjoll; aquest esperà la vinguda del soci i seguiren el detectiu.

Entraren en una cabina de telèfons que hi havia a la cantonada. Butxana marcà un número.

—¿A qui telefones?

—Al comissari.

—Hòstia que divertit.

El Penjoll i Colometa s'enjogassaren, joiosos. El detectiu els pregà silenci.

—Comissaria del districte central —contestà l'aparell.

—Pose'm amb el comissari Garcia.

—¿De part de qui?

—Toni Butxana.

Es féu un silenci.

—¿Què vol, Butxana? —digué una veu agra.

—Comissari, si no respecta les regles trencaré la baralla.

—¿Quina mosca li ha picat, ara?

—Massa que ho sap, Garcia. Retire'm l'escorta.

—¿Quina escorta?

—Un tipus amb cara d'idiota que ve seguint-me tot el dia.

A l'altre cap del fil se sentí una brofegada.

—Butxana, li assegure que no és cosa meua.

—Ja, serà que el xic vol fer hores extres. No em prenga per soca, ¡Déu! Ara mateix el cride i li dóna les ordres pertinents al respecte, si no...

—¡Sí, cride'l!

—Penjoll —digué Butxana tapant amb una mà l'auricular —, porta'm el Plinio.

El pispa es dirigí on era el policia, aquest dissimulà desviant la mirada a les cames d'una joveneta que era dalt d'una espectacular moto.

—Senyor de Mirand del Ebro —féu el Penjoll palpant-li el muscle—, el senyor comissari a l'aparell.

—¿A mi... què?

—Dóna't aire que t'enviarà a galeres.

De primer, el policia mostrà estranyesa com si la cosa no anàs amb ell, però tot seguit es dirigí a la cabina des d'on el detectiu li feia senyals. Entrà desconfiat sense llevar l'ull als tres.

—Hala, valent, que no siga res —l'animà Butxana mentre li passava l'aparell.

Tots tres, el detectiu i els dos pispes, restaren un moment prop de al cabina, adelitant-se i fent conya del canvi de color que s'havia produït en la cara del policia.

I això que no sabien que era el nebot de Tordera.

13

Malgrat el dia tan atabalat que havia tingut, Fede romania al llit amb els ulls ben oberts, mig incorporat sobre el coixí i fumant una cigarreta rere l'altra, reflexionant sobre el robatori que havia dut a terme la nit abans.

Aquella havia estat una setmana de les que fan època i els nervis ho acusaven. Al temor passat els dies precedents al robatori —estigué indecís fins a l'últim moment— i a les habituals deu hores de jornada, a les quals no s'acostumava per molt reglamentàries que fossen, s'afegí la maleïda coincidència que fos el comissari l'amo del xalet. Precisament

Garcia, un client de la cafeteria que, a més, tenia la comissaria a dues passes.

Per una part, restava tranquil, confiat en el fet que ell no era una persona sospitosa. El seu nom no estava imprès en cap fitxa policial, ell era un ciutadà, un treballador lliure de tota sospita. Això, almenys, era una bona coartada.

L'habitació estava emboirada de fum, apagà la cigarreta i obrí la porta de la cambra.

Llevat del dubte que tenia respecte del comportament que havia mostrat el perit, en tota la resta pensava que havia actuat com un autèntic professional. El robatori no podia haver estat més impecable, el Lute l'hauria signat, i, després, davant del comissari s'havia mostrat tan serè que fins i tot ell mateix se'n sorprengué. També la seua demanda de vacances avançades havia donat resultat; la solidaritat era un dels pocs avantatges que gaudia per l'esquizofrènia del Nis.

L'observà un moment; Nis es trobava en la segona fase del seu somni, rinxolant i absent de tota preocupació. Una bona malaltia, l'esquizofrènia.

¿Què pretenia dir-li el perit amb allò de mercaderia difícil de col·locar? ¿Per què li ho havia dit si volia quedar-se-la? ¿Per què li demanà l'adreça i el telèfon? Fede rumiava una resposta per als interrogants que el seu desvetllament li plantejava.

Si li hagués donat l'adreça podrien passar dues coses; que li haurien robat el secreter o bé que el perit se n'aniria del morro contant-ho al comissari. Aquesta segona, més improbable, pensà Fede, ja que havia sentit comentaris que gairebé tots els perits i els canvistes feien conxorxa amb els pispes.

D'ara endavant prendria més precaucions, aprofitaria el mes de vacances per tal de fer el canvi amb professionals de Barcelona o Madrid.

Cabia la possibilitat, per altra part, que qualsevol perit d'aquelles dues ciutats li valoràs econòmicament millor el secreter i l'Omega.

Si el canós —continuà cavil·lant el cambrer— estava disposat a amollar-li tres-centes mil peles per l'adreç, de segur que valia el doble, o cinc-centes mil pessetes com a mínim. De sobte la quantitat semblà eixerivir-lo.

—¡Mig milió!

S'encengué una cigarreta.

¿Quants mesos de treball eren mig milió? Fede comptabilitzà a raó de quaranta-cinc mil pessetes la nòmina mensual; onze mesos. És a dir, que amb dues hores de treball havia aconseguit el que normalment li costava quasi un any. I si ho repetia tres vegades l'any, doncs... triplicava la quantitat. Tot, és clar, amb permís de la bòfia, l'avisà algú des del seu interior. Aquella pregunta li'n suggerí una altra: ¿qui inventaria la bòfia?

I és que les coses no resulten tan fàcils com de vegades pretenen els somnis. ¿Des de quan havia tingut ell les coses fàcils? Amb un pare malalt i un germà com el que tenia, es posà a treballar ben jovenet. Cada pesseta era un esforç. Havia estalviat per acabar de pagar el pis; estalvià perquè son pare tingués un bon metge que no li serví de gran cosa; estalvià, ironies de la vida, per poder pagar la caixa mortuòria de son pare a terminis, i ara estalviava pensant en Nis. Però tenia un treball, això sí, amb tot, tenia un treball. La vida, de vegades, resulta una broma bastant pesada.

Inevitablement les reflexions el menaren a un dilema. Un dilema compost de dues paraules: ¿delinquir o treballar?

Els boxadors, sovint la campana els salva d'un KO.

El repicó del timbre de la porta el sobresaltà

Fede es dirigí al vestíbul, abans d'obrir la porta observà per l'espiera; dos tipus amb aspecte d'allò més sospitós esperaven.

Branon pitjà el botó per segona, llargament. El cambrer retrocedí fins a l'habitació i amagà el secreter sota el matalàs, sentia veus al replà:

—¿Tire la porta a terra? —digué el Marsellès, una mala bèstia amb el braç tatuat.

—Espera un moment —ordenà Branon.

El cambrer restava indecís sense saber a què atenir-se.

Podrien llevar-li el secreter, pensà, però no perdia res, al capdavall no era d'ell. Tanmateix, si li tombaven la porta del pis significaria reparar-la i, per tant, una despesa més a afegir a la seua, ja de per si, migrada butxaca. I, això, sí que no, n'estava fins als ous, d'estalviar.

Obrí la porta.

—Vaja, aparegué Ri-fi-fí —féu Branon amb veu sorneguera. El Marsellès soltà una riallota—. ¿Podem passar?

Fede barrava l'entrada amb el seu cos.

—¿Qui sou?, ¿què voleu? —inquirí, ferm.

—Aquest és el Marsellès i jo Branon, l'Americà, com veuràs tota una representació mundial. Si ens deixes passar i ens poses una mica de whisky, t'explicaré la segona pregunta.

El cambrer continuà barrant-los el pas.

—No us conec de res.

—Però nosaltres a tu sí, ets molt famós. I, ara, aparta't, el Marsellès és una mica nerviós i dispara d'un no res.

L'altre exhibí als ulls de Fede una pistola amb silenciador. El cambrer es féu a una vora i Branon penetrà al pis.

—Tu per davant —li digué el Marsellès a Fede.

Pel passadís, Branon agafà pel muscle el cambrer, fent-li palmadetes i demostrant-li una actitud amistosa.

—Estigués tranquil, home, som de casa. Ens vas a servir alguna cosa de beure, ¿no? Tenim la gola seca, hem preguntat molt, per tu. Vinga, una mica de Chivas no vindrà malament.

Entraren a la saleta d'estar. El cambrer romangué dret, els altres dos s'assegueren al sofà.

—¿Què voleu de mi?

—Però quin conyàs de tipus estàs fet. ¿Com te diuen?

—Fede... Frederic.

—Molt bé. Frederic, relaxa't, com si estigueres en ta casa —el Marsellès féu una rialla—. Vinga, posa un Chivas.

—No en tinc, jo, de Chivas.

—Bé, una altra marca, la que siga, necessite remullar.

Fede obrí el moble bar de la llibreria i extragué una botella de Marie Brizard, l'única que hi havia. Branon s'alçà del sofà com impulsat per un ressort.

—¿Però què fas, home?, ¿on vas?, ¿què és això? ¿Ens has pres per vídues, o què?

—No tinc res més.

—¿Sents, Marsellès?, ¡no té res més!

L'altre semblava una nineta *pitusín,* seguia la veu de l'amo. Convulsionà el cos al sofà, rient-se.

—Per favor —pregà Fede— no alceu la veu, el meu germà dorm i...

—¿El teu germà?, vaja, vaja, o siga que sou una banda els que assaltàreu el xalet...

—No, no —s'apressà el cambrer a esmenar-lo—, vaig ser jo sol. El meu germà està malalt.

—¿Malalt?, ¿què li passa?

—És llarg d'explicar. El cas és que ell és inútil per a la vida normal. No treballa, sempre és a casa.

—¿En quina habitació dorm? —preguntà Branon.

El cambrer sortí al passadís i els assenyalà quina era la cambra. Branon es dirigí al Marsellès que ja duia la pistola a la mà.

—No et mogues de la porta de l'habitació, si es desperta el fas entrar a la saleta. I ara —continuà parlant Branon mirant Fede— anem a parlar de coses serioses. Posa'm una copa d'això tan infecte.

Branon tornà a seure al sofà. Fede li serví una copa i romangué dret, temorós i a l'expectativa.

—Acomoda't, no m'agrada parlar alçant el cap.

El cambrer obeí, s'assegué en una cadira per davant d'ell.

—Bé, Frederic, molt bé, pareixes un element extraordinari, mai ningú no s'havia atrevit a tant. Afanar-li al comissari...

—Jo...

—Tanca el morro, ¡silenci!, quan Branon parla els altres escolten. Ha estat un bon treball, sí senyor, però no massa productiu, els xicots com tu mereixen més sort —Branon s'empassà la copa d'un glop—. Ah... quina cosa més fluixa, torna'm a mesurar.

El cambrer li serví una altra copa. Branon li oferí una cigarreta.

—No fume, gràcies —respongué Fede, educat.

—Un bon professional, sí senyor. No fumes i no beus. Ja en queden pocs com tu. Ara només pul·lulen vulgars tira-bosses que l'únic que fan és malparar la professió. Tu i jo, i el Marsellès, és clar, som diferents, ja tenia ganes de topar-ne un com tu.

—El cambrer escoltava, entotsolat. L'Americà begué el Marie Brizard com si fos aigua del Carme—. Ah...

—¿Li'n pose més?

—Deixa-ho, ja va bé, no convé abusar en vespres de treballs importants —Branon el mirà fix i tot seguit féu un somriure tort—. Vinc a oferir-te una bona participació...

—Un moment, jo...

—¿Què passa?, ¿treballes sol, no?

El cambrer es fregava les mans, no sabia què contestar. Pensà en el Marsellès que estava a la cambra de Nis.

—Sí, exacte... treballe sol, jo.

—Molt bé, d'ara endavant treballaras en companyia, almenys en aquest treball. ¿No voldràs que el comissari sàpiga qui és l'element que li ha robat, no?

—Clar que no...

—Perfecte. Mira, tate, vas a participar en un treball pel qual guanyaràs una gran quantitat de paperassa, més del que podries imaginar-te treballant pel teu compte.

—¿Quanta?

—Deu milions —l'Americà es fixà en la compungida cara de Fede—. ¿Has sentit?, deu milions, tots juntets. ¿Com ho veus, tate?

De moment el cambrer no veia res, els deus quilos li impedien qualsevol visió a un pam del nas. ¡Deu milions! Començà a suar. Se serví una copa de Marie Brizard. Amb aqueixa quantitat s'assegurava el futur un bon grapat d'anys. ¿Quantes pessetes serien al mes amb deu milions en un banc? Es palpà el bescoll, el tenia suat, tot ell estava amerat. S'empassà la copa d'un glop. ¿Què hauria de fer per aconseguir-los?

—És un treball fàcil, tate, però requereix la mà de professionals.

—¿De què es tracta? —preguntá el cambrer, impacient.

—De quadres.

—¿Quadres?

—Sí, home, sí, de pintura. Quadres infectes que valen una fortuna. Només hem d'agafar-los, tenim comprador.

Fede s'imaginà assaltant el museu del Prado.

—¿On són, els quadres?

—Molt prop d'ací, ja ho sabràs oportunament. Som professionals, ¿no? Per tant, ben callats, ¿eh, tate? —Branon li colpejà el muscle amb el puny—. ¿T'agrada el treball o què?

—Sí... sí... però hauria de saber alguna cosa més, ¿no et sembla?

—Com menys coses sàpigues més seguretat per a tots. Et diré l'indispensable; serà aquest cap de setmana, dissabte a la vesprada.

—¡Aquest dissabte!, això és molt prompte...

—Tot està preparat; no has de preocupar-te de res; tampoc no has de portar res; les ferramentes, les duré jo. Dissabte, a les tres de la vesprada, estaràs al final del pont d'Ademús. A les tres en punt.

Fede mirà el calendari de la paret, el dissabte era el dia 1 de juliol, el primer dia de vacances.

—D'acord, allí estaré.

—Ja ho sé, que hi estaràs —Branon s'alçà del sofà—. Frederic...

—¿Què?

—No estires el morro més del compte, el Marsellès li ha agafat molta estima al teu germà i li sabria greu... ja saps.

—Estiga tranquil, hi acudiré.

L'Americà li acaricià les galtes i sortí al passadís. Fede isqué darrere d'ell. A la porta de la cambra, el Marsellès romania quiet, fumant i amb la pistola posada al cinturó.

—¿Dorm? —li preguntà Branon.

—Com una marmota —respongué el pistoler.

—Bon xic —féu l'Americà mirant Fede—. Au, anem-nos-en, Marsellès.

Tots dos s'adreçaren al vestíbul acompanyats per Fede; allí, Branon es girà i premé la mà del cambrer sense abandonar el somriure.

—Deu milions, tate, deu milions. No oblides la cita. Ara descansa, has d'estar en forma.

—Sí, em cal descansar.

Fede els acomiadà sense massa convicció, perquè dormir, allò que se'n diu dormir, no ho faria en bastant temps. O això pressentia.

14

El timbre del telèfon commocionà el somni de Butxana. El detectiu apartà d'una revolada el llençol i, nu com estava, es dirigí a l'aparell que repicava amb insistència.

Sense forces, amb els ulls encara somnolents, es deixà caure damunt de la cadira que era més prop del telèfon i despenjà l'auricular.

—Sí —digué, sospirant.

—Ja veig que encara dorms.

Butxana reconegué la veu del Penjoll a l'altre cap del fil.

—No sé quina hora és —contestà el detectiu amb veu rogallosa i fregant-se els ulls per ferse una idea de la realitat—, però tinc la sensació de no haver dormit ni quinze minuts, espere ser recompensat amb una bona notícia, no m'agradaria recordar-me de ta mare, Penjoll.

Per l'auricular sonà una riallada.

—Ma mare bé, gràcies. I tu ho estaràs millor quan sentes el que vaig a comunicar-te. T'he de dir, abans d'entrar en matèria, que ha estat la Colometa l'autor del descobriment de l'home que busques, però una moguda i luxuriosa nit li impedeix estar ara present. T'envie les seues disculpes.

—Al gra, manifasser.

—Veuràs, Butxana. Ahir quan te n'anares del Marraquech, li vaig dir al Colometa que, en cas d'aclarir alguna cosa de relativa importància, m'ho comunicara. Ja saps que el Coloma és molt curtet i no em fiava massa que no ho contara al teu contestador automàtic. Li diguí, per tant, que, després d'investigar el nostre «distribuïdor», jo em trobaria, a la matinada, en un bar que està al principi de l'avinguda del Port. Tenen unes gambes, al bar, collonudes, Butxana, acabadetes d'eixir de la mar, per al tio Penjoll. Bé, devien ser les dues o les tres de la matinada, no sé exactament quina hora era, quan m'aparegué la Colometa per la porta més content que un bòfia vestit d'uniforme nou. No veges, el fill de puta em plantà un bes als morros amb les dents tan corcades que té i em digué: «Ja està, ja sé qui és» i jo: «¿Qui és qui, malparit?» i ell: «El del secreter, collons, tinc ací fora el tio que el coneix». Total, Butxana, que el tio de fora, que estava dalt del seu cotxe, es tractava d'un antic *novio* d'ell que treballa en la botiga d'un perit de Barona. El Colometa, després de complir els encàrrecs que tu li havies encomanat, sense èxit, connectà amb el xicot en qüestió només per pur plaer, ja m'entens, que volia tirar-se'l. Total, Butxana, que entre copa i copa i, abans de violar-lo, i com que el Coloma no desaprofita ocasió en la cosa del treball, li preguntà al xicot com anaven de material a la seua botiga i ¡nyas!, tu, va i li solta que molt malament, que en tot el mes només havia entrat un adreç i un Omega d'or, i que semblava que l'amo no tenia intenció de quedar-se'l. El que ve després ja t'ho pots imaginar; el Colometa es féu tot orella i mamprengué a preguntar-li detalls del mangui que pretenia valorar el material, fent-li creure que li interessava l'adreç. De primer, el xicot, es féu el llonguis, però el meu soci no sé com collons s'ho va fer per tal de traure-li la informació que...

—¡Ei! —tallà Butxana, impacient—, ¿no aniràs a contar-me ara el numeret de l'interrogatori?

—Està bé, com vulgues, tu t'ho perds, sembla que és una bona tècnica que hauries d'anotar-la.

—En tot cas li la contes a Garcia, morbós.

—Ja me la imagine..., ja me la imagine —féu entre rialles del Penjoll—. Allà va, Butxana —continuà el pispa en to més seriós—. El Capone de torn és un espavilat que viu a Benimaclet, al carrer Peris Menxeta, número divuit. D'una estatura com la meua, i moreno, molt moreno. Pareix, pel que diu el *novio* de la Coloma, que és un aficionat, ja que va acceptar un tracte molt ridícul i perquè ho dugué tot muntat. A més, estava excessivament nerviós, el xicot.

—¿I com sap l'amic de Colometa la seua adreça?

—El va seguir, Butxana, l'amo el posà darrere del pispa. Conec el perit, es tracta d'un mal parit que té fil directe amb bandes organitzades, un mamó, Butxana. No m'estranyaria que li foteren la mercaderia, al xicot. Dóna't aire, em dóna pel sac que s'aprofiten d'aquesta manera del treball d'un de la *cantera*. Això duu tota la traça d'una putada.

—De poca cosa li servirà, el treball. ¿On és la botiga del perit?

—Per la part de Rascanya, al carrer de Sant Joan Bosco. Està tocant a l'avinguda Primat Reig, enfront dels Salesians.

—¿Això no és Orriols?

—No sé si és Orriols o Barona, però tens el carrer, ¿no?

—Ara en prenc nota.

—La botiga està a mig carrer. Ja veuràs que té un aparador ple de conyes japoneses. Un dia li faré una visita —Penjoll interrompé la seua pròpia explicació—. Escolta, Butxana, m'imagine que actuaràs com cal, ¿no?

—¿Què vols dir?

—Vull dir que si faràs com sempre, o siga, Garcia no sabrà qui és, ¿no?

—És clar, home, ¿què t'indueix a pensar el contrari?

—La llicència, Butxana, com que te l'havia retirada, he pensat que hi ha un pacte entre tu i el comissari.

—La llicència, Penjoll, ja la tinc a la butxaca. Quant al comissari, una vegada descobert el matahari que em posà darrere del cul, ho té claríssim, tan

clar com el negre que carregà amb la meua ex-dona.

—Per a collons els teus, Butxana. Vaja, que estàs on estaves.

—Estic on no tinc més remei que estar, Penjoll. On em posaren ells, i mira, m'hi trobe d'allò més a gust.

—Un dia et farem un homenatge, t'ho jure.

—La penya valencianista de cornuts ja ho ha intentat, però encara sóc jove i espere batre més rècords. A més, Penjoll, qualsevol dia hauràs de dur-me tabac a la Model, ja saps la meua al·lèrgia pels estancs.

—Jo sempre tinc un Winston per a un amic. Sort Butxana.

—A rebentar de salut, Penjoll.

Butxana s'alçà de la cadira i estirà els braços, desensopint-se, de cara a la porta corredissa de vidre del balcó, i oferint, involuntàriament, la seua nuesa a una veïna de la finca d'enfront que estenia roba als fils del seu mirador.

Era una dona que passava la trentena d'anys, de bon veure, tot i el seu posat de casada avorrida i falta d'al·licients. Penjà roba fins a omplir els fils allargats a banda i banda del mirador sense deixar de fitar el cos del detectiu que, adonant-se de la mirada de la veïna, romangué a la seua vista, aguantant-li la mirada.

La dona féu un somriure curt i entrà al pis. Capficat, el seu marit llegia el diari; el dòlar pujava.

15

Joan reconegué la casa perquè era impossible que en aquella contornada n'hi hagués una d'igual. Es tractava d'una alqueria setcentista situada al terme de Sedaví, un terme que la bogeria industrial dels seixanta havia arrasat la major part de la seua faç rural. Cams de dacsa, de cebes o d'encisam, es barrejaven amb fàbriques de mobles de dubtós estil i pèssim gust. Un dia la consigna fou fer diners, i ni això aconseguiren, ja que més de la meitat de les fàbriques havien tancat. El terme semblava ara una mena de vall dels caiguts.

Però és clar que el poble no podia estar al marge dels delers industrials pels quals havia sospirat el país; primer no hi hagué indústria i tots lamentaren la falta d'una burgesia industrial dirigent, després la massifiquen i fa fallida tot déu, ara volen reconvertir-la. No hi ha qui els entenga, com diria una ceba lúcida al pas del temps.

La Vespa passà per la tanca derruïda i penetrà al terreny propi de l'alqueria. Aparcà al costat d'un Citroën dos cavalls de color beix.

Joan empenyé la porta de l'alqueria i aquesta produí un soroll llastimós. Al centre de la casa, dos homes i una dona seien al voltant d'una gran taula amb tot de papers escampats per damunt la seua superfície. La dona era al cap de la taula, els altres dos ocupaven els laterals.

Joan tancà la pesant porta.

—Salut —digué, i s'assegué a la taula.

—Salut —contestaren els altres.

Maria se'l quedà mirant. Joan tragué d'una bossa de tela uns pamflets i els amuntegà amb ordre a un costat; quan acabà, encengué una cigarreta.

—Arribes tard, company —li recriminà la dona.

—Ho sento, jo sóc del Maresme i aquestes contornades se'm fan una mica complicades. Espero que la meva tardança no destorbi per a res els plans —s'excusà Joan, amb el seu accent de les comarques del nord.

—No destorbes res, però procura ser més puntual. En una acció d'aquesta classe, cada minut és molt important. Ens juguem molt, ara —afegí la dona.

Els altres assentiren, Joan féu un gest de descàrrec.

—Bé —prosseguí la dona—, vaig a relatar-vos els últims acords que ha pres l'organització en tot allò que afecta les accions dirigides contra la central nuclear de Cofrents. Com sabeu, l'oligarquia valenciana pretén posar en funcionament la central al setembre d'enguany. Organitzacions ecologistes, cíviques, culturals i partits de l'esquerra revolucionària, estan preparant una gran mobilització per aturar el funcionament de la central. S'espera una gran participació, ja que la gent està molt sensibilitzada pel problema. Però això no és prou, els capitalistes no s'astoren de la presència massiva al carrer; en canvi, per a nosaltres, sí que són importants, aquestes manifestacions. Són importants en tant que les nostres accions requereixen un suport de les masses; sense elles, la nostra lluita, el nostre avanç, no tindria raó de ser. Nosaltres, companys, hem de ser el braç armat de les masses populars al si del nostre país. Som el mateix cos. Un cos que alguns pretenen decapitar, no sé si amb ignorància o si amb mala llet, però estan aquí, infiltrats a les organitzacions populars, convençuts de poder canviar les coses per la via pacífica. És ara quan anem a desarmar els seus arguments de l'única manera que és possible fer-ho: amb l'acció.

Maria extragué una cigarreta d'un paquet de Ducados que hi havia a la taula, aspirà una llarga xuclada exhalant el fum gris cap al sostre.

—Per això, companys —continuà parlant—, abans d'entrar en els detalls de l'operació, si algú de vosaltres, per les raons que siguen, no desitja participar, encara és a temps de dir-ho. En cas negatiu, hauria d'abandonar la casa.

Maria s'alçà de la taula i es dirigí lentament, mentre fumava, cap a un pou sec que hi havia al pati de l'alqueria. Fità la crosta seca dels laterals de l'excavació, allò li suggerí un pensament ben trist. Recordà la seua infantesa i l'alqueria on va nàixer, evocà haver-se vist el rostre reflectit a l'aigua del pou que era a l'entrada de la casa. Tenia un rostre, aleshores, que no recordava si bonic, però sí despreocupat i feliç, amb aquella mena de felicitat que amb molt poc era suficient.

Però allí, a la seua casa, ja no quedava res; els pares havien mort i el seu germà emigrà cap als centres industrials del Principat. Ni tan sols restava l'alqueria, convertida ara en un polisportiu privat on greixuts executius deixaven sagí a base de colps de raqueta.

Maria romangué mirant la crosta resseca del fons del pou, per un moment cregué veure-s'hi el rostre com si l'aigua hagués envaït el recinte. Però només fou un instant; aquelles no eren hores de sentimentalismes, sinó de respostes. La dona es girà de cara als tres homes. Un d'ells, assegut en un lateral de la taula, es dirigí a Maria.

—Estem impacients per saber el pla.

La dona s'apropà i estengué un paper damunt de la fusta corcada de la taula. Darrere havien quedat els records.

—Jo mateix he preparat tot —digué—. Es tracta del segrest de l'enginyer cap de la central nuclear.

Alçà la vista mirant els altres, sabia que era una acció diferent a les que havien fet fins ara. Els tres homes restaven en silenci, se'ls notava l'impacte de l'esdeveniment. Josep, que seia al costat de Maria, en un lateral, mamprengué a fregar-se les mans amb un moviment que la dona entengué de neguit.

—¿Vols preguntar alguna cosa? —féu ella.

—Sí —contestà amb sequedat—. ¿Per què l'enginyer i no algun responsable com, per exemple, un dels capitalistes que financen la central?

Pere, que era enfront d'ell, s'avançà a la dona.

—Mira, company, els capitalistes de l'empresa són bastants i, a més, inaccesibles, almenys els principals. Però la qüestió és una altra; el segrest del físic nuclear implica un desbaratament tècnic de la central i té uns efectes sobre els altres tècnics de l'empresa que fa que alguns canvien de treball.

—Però no deixen de ser treballadors —protestà Josep.

—Uns treballadors al servei del terrorisme d'estat —replicà la dona, ferma i contundent—. Si no estàs d'acord amb l'acció...

—Un moment —tallà Josep, enutjat—, jo no he dit que no hi estiga d'acord, simplement he suggerit un altre mètode; si per raons de viabilitat no pot ser, per mi endavant.

La dona desvià la mirada. Josep la fità i intentà mostrar-li un petit somriure que dissimulà davant l'actitud seriosa de Maria. Aquelles eren la mena de dones que li agradaven a ell, amb aqueixa decisió i fermesa que les feia tan diferents. No volia pensar-ho, però, ¡què collons!, la companya tenia un cos capaç d'empalmar un mort. Una dona no deixa de tenir el seu encant per molt d'activisme que li tire a l'assumpte, pensà Josep. El factor humà, que en diria Graham Greene.

Maria prosseguí parlant.

—El company té raó —digué assenyalant Pere—. Es tracta d'aconseguir uns efectes sobre tots els tècnics de la central, a més, i açò també és important, no tenen la vigilància que té normalment Daniel Calabuig, president del consell d'administració de l'empresa. Però és igual, podem segrestar un capitalista i la central es posarà en marxa, però un tècnic, i, a més, l'enginyer principal, els portarà maldecaps. Aquest és un físic indispensable per al funcionament de la central. Ara passaré a explicar-vos els detalls de l'operació que un altre company i jo hem estat planificant. En principi, un de nosaltres quedarà despenjat de l'acció directa, és a dir, aquest company no participarà en el segrest, sinó que serà l'encarregat de comunicar amb la premsa.

—¿Amb la premsa? —preguntà Pere.

—Sí, no hi haurà negociacions directes amb l'empresa ni amb les famílies. Convé que siguen operatius. Es tracta, en primer terme, de paralitzar les obres de la central que estan a punt de concloure, una vegada aconseguit açò es negociarà la demolició.

—Un moment —intervengué Josep—, abans d'entrar en les qüestions negociables, que, com tu acabes de dir, les farà un membre que en restarà despenjat, hauríem de saber qui serà l'encarregat de negociar, perquè no és oportú que aquest company sàpiga detalls sobre el segrest.

—Per descomptat —contestà la dona—, no anava a dir res sobre l'operació del segrest.

—Doncs bé —féu Joan—, em penso que hauríem de designar el company que negociarà les condicions, o millor, comunicarà les condicions. Com que és una acció solitària, és preferible que jo resti descartat, ja sabeu el desconeixement que tinc d'aquestes comarques.

—És clar —assentí Josep.

S'obrí un petit silenci que trencà la dona.

—D'acord, designem-lo —digué Pere.

—Jo propose el company de la meua dreta —féu assenyalant Josep.

—Jo acceptaré el que digueu —contestà el del Maresme.

—Bé, ja hi ha majoria —féu Pere, somrient a Josep.

Josep arronsà els muscles i passejà la mirada per la taula. Alçà el cap i digué:

—Si m'agrada l'activisme, és per la poca burocràcia que té. No preguntaré les raons de la meua elecció. Avant amb els detalls.

Maria esbossà un somriure a penes perceptible.

—Bé, companys, els detalls són aquests. El primer comunicat el faràs el pròxim dissabte a les nou del vespre, al diari «Noticias». Reivindicaràs per a la nostra organització el segrest de l'enginyer i els faràs saber que el consell d'administració de CONFINSA disposa de setanta-dues hores per tal de paralitzar les obres de la central. Si no ho fan, l'enginyer serà executat una vegada complit el termini.

—¿I si paralitzem les obres? —preguntà Josep.

—En aquest cas entra la segona fase de la negociació. Disposaran, a partir del dimarts a les nou del vespre, d'una setmana de temps per a començar la demolició de la nuclear; si no ho fan, just una setmana després, reivindicaràs l'ajusticiament del físic.

—¿Com sabran ells que ha estat executat?

—Perquè nosaltres els ho farem saber mitjançant una telefonada. ¿Alguna pregunta més?

—No, sé quines són les precaucions per a aquesta mena de treball. Supose que ara hauré de marxar.

—Efectivament, és millor que no sàpigues els detalls on tu no participaràs.

Josep s'alçà de la cadira i encaixà amb els dos homes, tot seguit premé la mà de la dona que retingué un moment al seu palmell. Una carícia de pell efímera que intentà assaborir; tenia una mà aspra, i tanmateix, notà un contacte suau.

—Vos desitge sort —digué.

—També nosaltres a tu —contestà Maria.

Josep es dirigí a la porta. Joan el cridà.

—Company...

—¿Què?

—Pots agafar la meua moto, ja no la necessitaré. Això sí, vés amb compte, té poca gasolina.

—Gràcies —digué, mostrant un somriure.

Josep pedalejà fortament de la palanca d'arrancament i la moto obeí renquejant i posant-se en marxà.

S'enfilà per la carretera i reconegué el paisatge que de menut, tantes vegades havia recorregut buscant ocells i banyant-se en les aigües netes que duien les sèquies. Al fons, s'endevinava el poble, tapat ara per les finques que envaïen els terrenys de l'horta. Els xiprers del cementeri, ja no es veien; una fàbrica d'aglomerats els ocultava. Alguns camps estaven abandonats com a solars, esperant una pròxima construcció. Un dia, el pla de la Gran València engoliria el poble i el convertiria en un barri més.

Josep s'adonà que havia eixit del terme per un rètol anunciador que mostrava orgullós la seua inscripció: «Sedaví, bressol del moble».

16

Butxana s'ajustà la funda de la Star. D'una volada, agafà l'americana i baixà al carrer tancant d'un fort colp la porta del pis.

Es dirigí al quiosc creuant el carrer i fent una ziga-zaga per tal d'evitar dos camions que maniobraven intentant entrar el vehicle en una planta baixa.

—Bon dia.

—Bon dia, Toni. ¿Quin diari?

—El que més ràbia et done.

El detectiu fullejà les primeres planes buscant alguna notícia que ampliàs el robatori perpetrat al xalet de Garcia. No deia res, ni tan sols a les pàgines de successos. Ja no interessen ni els comissaris, pensà Butxana. Per amortitzar el preu i només per això, continuà llegint els titulars del diari. Fixà l'atenció en dos esdeveniments: l'organització Terra Lliure reivindicava l'explosió de l'artefacte col·locat dos dies abans a la delegació d'Hisenda. L'altra notícia tenia un caràcter més humorístic; l'alcalde de la ciutat anunciava la retirada de l'estàtua del General per al mes de setembre. Va de bo, aquesta vegada, deia el cap del consistori municipal, al qual el fotògraf de premsa havia tret un perfil semblant al d'una ensaïmada.

Butxana tirà el diari en una paperera que recomanava mantenir neta la ciutat.

Li costà una mica d'engegar el 4-L, ja que feia pràcticament una setmana que no el movia de l'aparcament. Per fi arrancà, trontollant, com si li fallàs alguna peça mecànica. El detectiu féu un gest de fàstic i colpejà el volant. El vehicle estava vell i cansat. Una llàstima, perquè les finances de Butxana no estaven d'allò que solen dir d'alegria desmesurada.

S'endinsà com pogué entre el dens trànsit del carrer.

Durant el trajecte, el detectiu es posà a pensar en la facilitat amb què el pispa del comissari s'havia donat a conèixer. Millor, perquè aquest no era el seu problema. El problema, per contra, seria traure les peles a Garcia per un treball de poques hores. Decidí que allò més assenyat fóra deixar passar uns dies i així la factura de treball s'inflava. Quant al pispa, estava segur que es tractava d'un neòfit, cosa no massa sorprenent, ja que el temps de crisi feia augmentar el gremi.

El 4-L girà agafant Jaume Roig. A les escalinates de la Facultat de Ciències, una nombrosa colla de nenes es passaven apunts, despreocupades i ben eixancarrades. Butxana féu una ullada a l'estament cultural; n'hi havia de tots els colors, de bragues. El semàfor donà pas i el detectiu no tingué temps de veure les cares d'aquell singular colorit.

En passar la via del tren, ja a Benimaclet, Butxana deturà el cotxe i demanà pel carrer Peris Menxeta a un xicot que fumava una mena d'antic cigarret Ideales en un banc. El preguntat, sense presses, li assenyalà quin camí era el més indicat. A continuació, li exigí una cigarreta per a després d'esmorzar. Primera negativa.

—No en tinc.

—Molt bé, deixa'm cinc duros.

Butxana sospirà, s'escorcollà les butxaques i li mostrà un bitllet de vint duros intentant dir-li que no duïa canvi.

—D'acord —féu el xicot—, allarga'm el paper, ja te'l tornaré, col·lega.

El col·lega amollà la pasta i pujà al cotxe amb rapidesa abans que la pregunteta en qüestió li costàs el futur.

—*Ciao*, tio —agraí el fumeta.

El detectiu marxà amb la sensació d'haver pagat una mena d'impost revolucionari. Encara no havia pogut fer, al llarg de la seua vida, una amistat rendible.

Peris Menxeta era tan estret que Butxana decidí aparcar a la cantonada. L'entorn del barri on es trobava estava envoltat de finques de nova construcció però de vell aspecte. Façanes de maó roig i persianes de color beix uniformaven el barri. El carrer era tot de plantes baixes, menys el número divuit, el que ell buscaba.

Butxana es palplantà al portal esperant la sortida d'alguna persona a qui preguntar. Observà, mentrestant, els noms de la bústia intentant encertar el seu home.

—¿Busca algú?

La veu provenia d'una iaia que lentament baixava els últims escalons amb una cistella al braç.

—Sí, senyora —respongué el detectiu amb bons modals—, a un amic que fa temps que no el veig.

—¿No sap el nom del seu amic? —s'estranyà l'octogenària.

—Veurà, senyora, fa tant de temps que no l'he vist i, a més, la relació fou tan curta, que no recorde el nom. Passava per València i, com que sabia vagament l'adreça, he decidit fer-li una visita.

—¿D'on és, vostè?

—De Lleida, senyora.

—Bones pomes tenen allí, sí senyor. ¡Que cares estan al mercat!, cada vegada que vaig a comprar-ne és com si m'atracaren.

—La pròxima vegada li'n portaré un basquet, senyora.

—Quin encant d'home. ¿És casat?

La iaia li palpà la moral.

—Abans en tenia una, ara les llogue.

—¿Com?

—No em faça cas, era una broma.

—S'hauria de casar, un home sol es llança a perdre. Està el món d'una manera...

—En fi, què anem a fer —se solidaritzà el detectiu—. El meu amic és així d'alt —Butxana li assenyalà la seua barbeta—, i moreno, molt moreno...

—Ai, fill, ja sé qui és —l'àvia s'apropà i, a cau d'orella, li digué—: Té un germà tocat del perol, ¿ho sabia vostè?

—No, no ho sabia.

—Bon xic, Frederiquet, però el germà...

—¿Què fa el germà?

—No res, fill, ara no fa res, sempre és a casa. Però abans, quan vivia el pare, tenia a tots acovardits. Com és tan bestiot i tan alt.

—Diga'm senyora, ¿en quin pis viu, Frederiquet?

—Al tercer, porta nou, però no és a casa, ara.

—¿Ah, no?, ¿on és?

—Treballant.

—¿Treballant?

—Sí, fillet, sí, en una cafeteria d'allò més important que està a la plaça d'Emilio Castelar —l'àvia era una *fan* de la segona república—. És clar que vostè no la coneixerà, la cafeteria...

—Si em diu el nom...

—Barrachina. No té pèrdua, a qualsevol que li pregunte li l'assenyalarà de seguida. ¿Sap on és, la plaça?

—Sí, és molt famosa.

El detectiu, inútilment, intentà anar-se'n. La iaia l'agafà del braç.

—¿Li agrada València, fill?

—Uf, moltíssim.

—Hauria de viure ací, al barri, per a saber com és. Ha fet l'Ajuntament uns jardins i ha plantat unes palmeres que són una preciositat. I ara també van a omplir el riu de jardins. ¡Que el Nostre Senyor em done vida per a veure-ho!

—No passe pena, senyora. Entre la cara tan saludable que té vostè i l'afició amb què planten palmeres, li donarà temps a veure com es crien les mones als arbres.

—Déu el senta, senyor, que simpàtic és vostè. Em diuen Matilde, ¿sap?

—Molt de gust, a mi Pepín. Hala, Matilde, vaja tranquil·leta però sense parar-se, no siga cosa que tanquen la botiga. Adéu, senyora, i gràcies.

—Adéu, Pepín —s'acomiadà la iaia, entusiasta.

Butxana pujà al cotxe confús com una cabra. Un germà que està tocat del bolet i un cambrer que roba al comissari, possible client de la cafeteria. És com si tot fos una broma de mal gust. Tenia un dubte, però: ¿serien pispes els dos? ¡Déu, quina banda! El detectiu decidí parlar amb el cambrer que, per les descripcions físiques de les quals tenia referència, era més dominable. Engegà el 4-L i s'enfilà al centre. Quin numeret d'atracament, pensà Butxana, divertit.

Però el numeret l'hagué de fer ell buscant un aparcament impossible en la plaça. Se li acudí, en passar pel carrer la Sang, entrar al soterrani de la Brigada. Valdria la pena només per veure la cara que hauria posat Garcia. Féu una volta i cercà l'estacionament de l'avinguda de l'Oest.

Arreplegà el tiquet i aparcà.

Es dirigí a la cafeteria.

Només entrar al local, buscà amb la mirada alguna cara sospitosa entre el personal de nòmina. Hi havia facials de totes les edats, però la major part eren cambrers joves. S'apropà a la barra on servia el Polp. S'hi aproximà, atret per la pell bruna que tenia el cambrer.

—Vostè dirà —féu el Polp.

—Cafè amb llet —demanà Butxana.

El cambrer es girà de cara a la cafetera, el detectiu aprofità per fer-se una idea de la seua alçària. Tot i la seua dificultat, ja que dins la barra el terra era més alt, Butxana observà que l'estatura de cambrer era superior a la que havia descrit el Penjoll.

El Polp li serví la comanda.

—¿Què et dec?

—Seixanta pessetes.

El detectiu deixà tres monedes de cinc duros al taulell, el cambrer teclejà l'enregistradora i tornà el canvi en un petit plat.

—Queda't el canvi.

—Gràcies, senyor.

El Polp li dedicà un somriure de quinze pessetes.

—Escolta'm —féu Butxana—, busque un tal Frederic, un cambrer que treballa ací.

—¿Frederic Puig?, ¿no?

—Sí, el mateix.

—Pregunta per Fede. Està fora, servint les taules de la terrassa. De casualitat el troba, dissabte se'n va de vacances.

—No és res urgent, volia saludar-lo.

—Si vol, el cride.

—No, no et molestes, eixiré jo.

—Com vulga.

El detectiu féu canviar el got al cambrer per tal que el cafè amb llet es refredàs. S'empassà el líquid i s'acomiadà del Polp.

Fora, s'adreçà directament a Frederic que servia una taula d'estrangeres neolítiques envermellides pel sol de juny.

Butxana abordà al cambrer quan aquest es disposava a penetrar al local.

—¿Frederic Puig?

El cambrer féu un gest de sorpresa en sentir el seu nom de llavis d'un desconegut. Tenia els voltants dels ulls moradencs i la seua cara denotava cansament.

—Sí, jo sóc. ¿I vostè, qui és?

—Toni Butxana.

—No el conec.

—És igual, Fede, no pensava signar-te un autògraf —el detectiu, amb les últimes paraules, intentà infondre-li confiança—. M'agradaria parlar amb tu, és important.

Fede esbufegà.

—No em diga que vol oferir-me un negoci.

—Jo diria que el contrari, fillet.

El cambrer es passà la mà pel cap sense dissimular la incomoditat que sentia davant de Butxana. El detectiu intuí el seu estat d'ànim

—No has de preocupar-te de res, de veritat, però hem de parlar.

—Jo només vull saber de què em vol parlar.

—Mira, xicot, és un assumpte delicat, no puc parlar-te'n ací, davant de tots...

—¿Però qui collons és vostè?

Butxana anà al recte.

—Sóc detectiu.

Ho aconseguí. El cambrer baixà els braços, la safata redolà per terra i anà a parar damunt de les sandàlies coentes d'un japonès, al qual, naturalment, li penjava una màquina de fotografiar del coll.

—¿Detectiu?, ¿de la policia?

—Sí i no, asserena't, estigues tranquil...

L'oriental, cerimoniós, dugué la safata al cambrer.

—*Mi tlael bandeja* —féu el nipó somrient com un idiota.

—Gràcies, Nikito —agraí Butxana el detall, i de nou es dirigí a Fede—. No et passarà res, t'ho assegure. Ho sé tot, però m'has de d'aclarir alguns detalls.

—Escolte, jo no volia intervindre, però...

—No digues res ací, anem a un lloc on puguem conversar. ¿Disposes d'uns minuts?

—Sí, li ho diré a l'encarregat. Espere'm allí, en aquella porta lateral. Vaig de seguida.

Butxana es dirigí a l'altra porta travessant per dins la cafeteria. Abans d'eixir demanà una cigarreta al cambrer que li havia servit el cafè amb llet.

—Perdona, ¿podries donar-me a fumar?, m'he deixat el paquet al cotxe.

—Només caldria, home —el cambrer li oferí un celta embroquetat—. ¿Què, ha trobat Fede?

—Ara anem.

—¿Són amics?

—Vells coneguts...

—Un bandarra, el Fede, ¿eh?

—Una miqueta, però bon xic —féu el detectiu.

—Això, ni ho dubte. El millor company que tinc és ell. ¿Vol més tabac per a després?

—Deixa-ho, fume massa.

—Ací ve Fede —avisà el Polp.

El cambrer, amb cara de circumstàncies, es dirigí al seu company.

—Polp, ocupa't un moment de la terrassa. Paco ja ho sap.

—¿Et passa alguna cosa, Fede?

—Ja t'ho pots imaginar... el Nis està pitjor. Ara tornaré, Polp.

—Descuida.

Detectiu i cambrer isqueren al carrer. Butxana assenyalà a Fede la cafeteria San Patricio i tots dos entraren al local. Pujaren l'escala que menava al pis superior de la cafeteria.

Guardaren silenci fins que el cambrer els serví un parell de cafès.

El detectiu mirà Fede, aquest tenia una mà a l'altura dels ulls tapant-se la visió i ocultant a Butxana part del rostre.

—M'agradaria que em mirares de front.

Aleshores Fede féu un moviment amb el cap i apartà les mans del rostre. Dues llàgrimes li regalimaven per les galtes, començà a sanglotar. El detectiu li oferí un mocador.

—No te'n preocupes, el comissari no sabrà res —digué Butxana envaint-lo un sentiment de llàstima—. Però, digues, ¿com se t'acudí robar al comissari? ¿Com és que tu, que tens un treball, et dediques a robar?

Butxana esperà la resposta fent un glop de cafè i aguardant que se li passàs el disgust, al cambrer. Aquest aspirà profundament.

—¿Què em passarà, ara?

—Res, et done la meua paraula. Això sí, hauràs de tornar-me el material.

—¿I ja no em passarà res?

—No. El comissari no sabrà qui li ha afanat el secreter.

Fede intuí que el detectiu no sabia res de l'assumpte dels quadres.

—Però vostè és detectiu, ¿no?

—Sí, però també molt simpàtic, i tuteja'm, em trobe millor entre la gent que em parla amb confiança. Hala, conta'm, i sense posar-me cara de marededéu, que vas a trencar-te el llagrimall.

El cambrer somrigué, s'eixugà les galtes amb el mocador i disposà un semblant amable. Abocà la bosseta de sucre a la tassa de cafè.

—És la primera vegada que he robat —començà a parlar—, i no crec que torne a fer-ho...

—Jo no pretenc confessar-te, només m'agradaria saber les raons, és un cas especial.

—I tan especial. Ho he fet pel meu germà. A mi no se m'hauria passat mai pel cap delinquir; una força major m'ha impulsat a fer-ho. Nis, el meu germà, està malalt.

—Alguna cosa en sé. Fa un moment he preguntat al teu veïnat, fent-me passar per un amic teu de Lleida.

—¿Què t'han dit?

—Bé... —el detectiu vacil·là un moment—, m'han dit que està una miqueta desencaixat, el teu germà.

—Un guillat molt particular, un esquizofrènic videomaniàtic.

—¿I això, com es menja?

—Veuràs, el pare, abans de morir, em va fer jurar que, el Nis, no el deixaria partir res i que tampoc el reclouria en cap centre especialitzat. I jo, com no, ho he volgut complir, no tan pel jurament sinó perquè es tracta del meu germà. El cas és que fa uns mesos tot anava bé; els desigs encara es podien resistir econòmicament. Has de saber —continuà i féu un incís el cambrer— que els esquizofrènics diagnosticats són molt violents si no aconsegueixen el que volen. Jo mateix n'he sofert les conseqüències. Bé, un dia Nis volgué un televisor de color i no vaig tindre més remei que canviar-lo pel de blanc i negre que hi havia a casa. Ja suposaràs l'esforç econòmic que això representà. Però encara no m'havia recuperat de la despesa del televisor, que per una altra banda la donava per bona, a causa de la tranquil·litat que regnava a casa, el nis se'm destapà; volia un vídeo...

—Escolta, Fede —intervingué el detectiu—, ¿açò no serà una broma?; darrerament me n'han fet algunes, i...

—¿Broma, dius? Mira.

El cambrer es descordà la camisa.

—¿Veus els senyals?

—Sí, tens unes rojors al coll.

—Ací tens les conseqüències. Em va agafar com si fóra una nina. El meu germà fa un metre noranta, ¿saps?

—¿I com t'ho faràs, ara?, he de recuperar el material. Garcia sospitaria si no li'l portara...

—Sí, sí, no vull saber-me'n de res, ni del secreter ni de l'Omega.

Butxana restà un moment pensatiu.

—Crec que podem arreglar-ho —digué.

—¿Com?

—Queda't l'Omega. Ja m'inventaré alguna cosa per dir-li al comissari.

—¿I tu, i el teu treball?

—Per mi no et preocupes, de cara a la bòfia estic més desprestigiat que la pesseta.

—No, no puc acceptar-ho, ja m'has fet un gran favor, açò és massa.

—Escolta'm, Fede, si et dic que pots quedar-te el rellotge és perquè tinc la seguretat de poder entabanar el Garcia. Ell prefereix mil vegades abans el secreter, és un record de família —Butxana exhaurí el cafè—. Però m'has de prometre una cosa.

—¿Quina?

—Que no entres al món de la delinqüència, és molt complicat, i més si portes una doble vida. És un ambient molt fotut, o estàs dins o fora, però les dues coses no. Fes-me cas, sóc un especialista en la matèria. Mira, ¿saps per què t'he trobat tan prompte? T'ho diré: per la teua inexperiència. En primer lloc, abans de robar, has de saber que pots col·locar el material en un magatzemista de confiança. En segon lloc, actuant en solitari, tens totes les de perdre. El perit a què has anat és molt fàcil que un dia t'envie un pispa per robar-te, et va calar de seguida, no li portares el material desmuntat per peces i, a més, acceptares un preu ridícul. Precisament per això, perquè anaves amb un càlcul premeditat, només els diners que et feien falta. Un pispa no actua així, perquè defensa el seu treball. Però bé, no et preocupes pel perit, jo li faré una visita. Et presentaré un parell d'amics que et col·locaran l'Omega, i a bon preu.

—¿Per què fas açò per mi?

—No ho sé, de vegades pense que sóc de la Beneficència. En fi.,.. És molt llarg d'explicar.

El cambrer es deixà caure endarrere i recolzà l'esquena al respatller de tela de la cadira. Dirigí la vista al sostre i sospirà. Amb les mans agafà els braços de metall de la cadira i tornà a incorporar-se mirant de fit a fit el detectiu.

—He de dir-te alguna cosa més, m'infons confiança. Anit, de matinada, vingueren a buscar-me dos elements a casa.

—¿Qui?

—Eren dos delinqüents, m'oferiren un treball, vull dir un robatori de quadres. M'han promès deu milions.

Butxana es posà rígid i féu un gest d'estranyesa.

—¿Quadres?, ¿deu milions?, ¿com eren?

Un d'ells duia una cicatriu a la cara, s'anomenava Branon, *l'Americà*, semblava el cap de colla. L'altre li deien el Marsellès, portava una cara de dona tatuada en un braç.

—¿I per què a tu?

—Segons em digueren perquè necessitaven homes d'experiència i com que s'havien enterat de l'assumpte del comissari...

—El perit, Fede, el perit.

—Jo no volia participar, però em van amenaçar dient-me que li parlarien a Garcia sobre el robatori. No vaig tindre més remei, perdria la faena si em fitxara la policia.

—¿I a qui pensen robar?

—No ho sé, no volgueren dir-me res. Serà la vesprada del dissabte, he d'estar a les tres al final del pont d'Ademús. Si poguera eixir-me'n, maleïda l'hora que vaig robar...

—¿Com m'has dit que els diuen?

—Branon, *l'Americà,* i el Marsellès.

El detectiu prengué nota dels noms en un petit quadern.

—Em fa la impressió que podem fer una societat —digué Butxana.

—¿Societat?, ¿quina societat podem fer?

—Escolta'm una miqueta; ara tenim l'oportunitat de fer uns qüens. Mira, tu participes en el robatori, tal com està planejat, només que em tens a mi darrere, guardant-te l'esquena. La meua missió consistirà a descobrir on van a parar els quadres; els recuperarem i li'ls tornarem a l'amo. ¿De quan creus que podria ser la recompensa per uns quadres que només a tu et proporcionen deu milions? Imagina't.

—Però Butxana, Branon i l'altre són perillosos, van armats. ¿I si detecten el joc?

—Tu no estaràs en perill, perquè ells no sabran res de la nostra amistat. Simplement, l'amo dels quadres contracta un detectiu i va i els troba, ¿comprens?

A més Fede, de totes maneres estàs entre l'espasa i la paret.

—Crec que tens raó.

—T'has de comportar com si fores un pispa experimentat, això farà que et respecten. Procura portar la iniciativa en algunes coses, mostra't dur i desconfiat.

—¿Dur?, ells tenen pistola...

—Tu també en tindràs.

El detectiu extragué la Star de la funda. El cambrer posà una cara com si tingués davant un puma famolenc.

—Mai no he disparat, jo...

—Vaja novetat. Mira, la palanca d'ací és el segur. Si l'has d'utilitzar només has de desplaçar-la suaument cap a dalt. Té el carregador ple. Ells no han de saber que vas armat.

—Déu, quin embolic.

—Et comprenc —consolà Butxana el cambrer—, però tens coberta la rereguarda, no sols per mi, un parell d'amics m'ajudaran. Serem quatre contra dos, en cas de problemes. Pren, guarda't el ferro, i tranquil, té el segur posat.

—¿Tranquil, dius?, ¿creus que podré estar tranquil?

—Tens una banda al teu costat. És una banda un poc especial; un detectiu i dos pispes.

—Cada vegada estic més confós.

—Me'n faig càrrec, però no vaig a contar-te la meua vida, ja t'ho explicaré més endavant. Confia, Butxana no falla.

—¿Què fem del secreter del senyor Garcia?

—Primer, els quadres, i de senyor res, Garcia i avant. Si tenim l'assumpte dels quadres, el material de Garcia sobra, ja ho veuràs. ¿Què, estàs més serè?

—Espere estar-ho d'ací al dissabte.

—Et convindria —digué Butxana, i afegí—: Mira per on, he fet una amistat rendible. Com si fóra una tómbola, t'emportes el vídeo i la dependenta.

—No m'aniria malament, em compensaria dels dies tan fotuts que he passat.

El detectiu cridà el cambrer i pagà el compte. Tots dos baixaren les escales. Al carrer, Butxana s'acomiadà de Fede fent-li una advertència.

—Procura descansar, i no t'oblides de l'arma. Ja veuràs un 4-L beix al principi del pont. Quan veja que puges a un cotxe el seguirem a una distància prudencial. Ah, li he dit al cambrer de la cafetera que jo era un amic teu, per si et pregunta.

—No hi ha problema.

—Perfecte. Adéu, Fede, fins dissabte.

—No saps el que m'alegrarà de veure't.

17

Carles Gil, l'enginyer en cap de la central nuclear de Cofrents, aprofità el radiant clima estival d'aquell matí per a fer una mica d'esport pels volts de la caseta, situada a l'entrada del terme de Bunyol.

Amb aquells passeigs, l'enginyer tractava d'estirar les cames, trencant així la sedentària vida que feia durant la resta de la setmana. Ell preferia fer *footing*, era més saludable i alleugeria més de pressa el greix que sostenia al seu ventre, però Lluís, l'home encarregat de la seua custòdia, el qual no el perdia un moment de vista, hauria maleït les seues aficions.

El guardaespatlles seguia les passes de l'enginyer a una distància aproximada de trenta metres. Era un home callat, que a penes intercanviava alguna paraula amb Carles.

Des que fou nomenat enginyer en cap de al central, la família Gil hagué d'acostumar-se a la presència d'intrusos en la seua intimitat. Tant Elvira, la seua dona, com Albert, fill menut del matrimoni, no acabaven de digerir aquella estranya companyia, entre altres coses perquè la direcció de l'empresa canviava amb freqüència l'home que garantia la seguretat de Carles, i la família no arribava a intimar amb el guardaespatlles de torn. El consell d'administració de COFINSA no era partidari d'una estreta relació entre els membres de seguretat i l'enginyer, per tal d'evitar confiances que anassen en detriment de la salvaguarda del físic.

Eren petites molèsties que comportava l'ofici, un ofici que l'havia menat a un lloc de responsabilitat i ben remunerat. Després d'una vida dedicada a l'estudi i la investigació, Carles Gil donava per ben invertits tots els sacrificis de joventut. Ara tenia al seu davant un bon futur.

I de sobte aquelles gambades en terreny rocós el feren pensar en son pare, un ferroviari que, després de cinquanta anys de servei en la RENFE, es féu mereixedor d'una medalla d'or. Una medalla que el pas del temps demostrà que fou purament simbòlica, ja que la púrpura daurada desaparegué, talment com el vell.

Morí sense poder assaborir el producte del seu esforç, que no era altre que veure el seu fill amb la carrera acabada i un lloc de treball. Sovint, Carles Gil somniava amb la cara que hauria posat son pare si l'hagués vist donant informes a la crema de l'empresariat valencià. Ell, fill d'un ferroviari, sopant de rigorosa etiqueta amb els homes que tenien a les seues mans la font econòmica del futur. El vell s'hauria mostrat orgullós, totes les penúries passades serien poques amb el fill al cim de la seua professió. En veure, per altra part, com les gerències econòmiques del país necessitaven un fill de la classe baixa per tal de tirar endavant els seus projectes econòmics.

Sí, estaria orgullós, es repetia, amb insistència a cada pas, l'enginyer. I és que Carles Gil era conscient de l'odi tan profund que el vell sentí per la classe dirigent de la seua època.

Però calia treballar i, sobretot, calia aprofitar les poques oportunitats que es presentaven en un país on els tècnics massa qualificats no tenien molt de futur. Ell sabia el que era passar necessitats, prou que ho havia vist al llarg de la seua vida d'estudiant en els seus pares i en ell mateix. Mai no es pogué permetre el luxe d'una festa, de les que tan sovint organitzaven els companys de facultat, fills, la major part, de la burgesia urbana. Sempre amb els duros justets per tal de fer l'entrepà del migdia i, caminant a peu, a l'eixida de classe, fins a l'altre extrem de la ciutat, estalviant les pessetes de l'autobús.

De casa a la facultat, i, si li sobrava alguna estona, la dedicava a passejar amb Elvira, una veïna del barri que fou el primer i únic amor de l'enginyer.

A la dona, no li feia massa gràcia allò de sopar plegats amb la *jet society* valenciana, però ho acceptava com una prolongació del treball del marit. No era Elvira una dona excessivament culta; estudis primaris i alguna cosa de comptabilitat, realitzats amb l'esperança de trobar un treball més digne que el d'estar a la cadena d'una fàbrica de productes de bellesa. Tampoc no era un gran problema allò de la seua mancança cultural, ja que les foques de l'alta societat no demostraven gran capacitat per a guanyar el Pulitzer. En aquelles reunions, mentre els homes parlaven de projectes econòmics, les dones mantenien una fervorosa polèmica sobre el color dels calçotets de Julito Iglesias. I Elvira assentia, somrient durant tota la reunió, sense assabentar-se que el de Miami no en gastava, de calçotets. Entre unes i altres no li donaven temps de posar-se'ls, a la criatura.

La presència del matrimoni en aquells sopars era com la d'una berruga en la cara d'un xinès.

L'enginyer dirigí les passes cap a la caseta. El guardaespatlles se sentí alleujat de la tornada, se n'havien allunyat un bon tros.

Entrà a la caseta i es dirigí al bany. El custòdia romangué a l'expectativa de les trapelleries d'Albert, que es balancejava, no sense perill, a l'engronsadora situada al bell mig del jardí de la caseta. L'enginyer s'aturà un moment a la cuina on Elvira preparava el dinar.

—Elvira, ¿per què deixes l'Albert engronsar-se d'aquesta manera? Un dia es trencarà el cap.

—Si estic fent el dinar no puc estar a l'aguait del xiquet. A més, Carles, no és la primera vegada que ho fa, es passa el dia dalt de l'engronsadora, deixa'l, no vages a amargar-li les vacances. ¿I l'home?

—S'ha quedat al jardí, mirant l'Albert.

—¿De què et preocupes?

—De res, dona, de res...

L'enginyer féu un gest malhumorat i s'introduí al lavabo. La dona sospirà mentre escampava un grapat de sal als ous batuts d'un plat. Preferí callar, sabia els problemes que el treball de Carles li ocasionava últimament. El seu estat d'humor se'n resentia.

Fora, al jardí, el guardaespatlles vigilava els saltirons del xiquet, situant-se a la part davantera de l'engronsadora on Albert assolia la màxima altura. L'actitud de la criatura, que era un malcriat, emprenyava l'home. En absolut desitjava que es trencàs la crisma, pensà, però no li vindria malament un petit bac que el fes recapacitar sobre el seu joc preferit. L'Albert era d'aqueixa mena de criatures que necessita de tant en tant un toc de bescoll. No hi ha res com una demostració de poder, s'aquieten que fa goig.

L'escena era contemplada per un jove que s'esbargia arrancant herba de romer. Mirà el rellotge i es col·locà darrere d'uns matolls, des d'on veié la totalitat del terreny de la caseta.

Carles Gil isqué al jardí amb els cabells xops i abillat amb un *meyba*. S'assegué en un balancí de vímet i intentà llegir un article sobre el pla ZEN. De tant en tant, alçava la vist i la dirigia a l'engronsadora. El xiquet estava posant-lo a parir.

18

El taxista deturà el cotxe just a l'ombra d'un arbre d'aqueixos que el Metro encara no havia programat endur-se per davant. En realitat, l'havia d'haver aparcat uns metres més enllà, al principi de la parada de taxis, però com que feia molta calor —l'home anava xop de suor a causa dels seients— i no hi havia cap altre taxi del gremi, decidí aprofitar el poc benestar que es troba a l'asfalt urbà.

Es torcà la suor, s'encengué una cigarreta i desplegà una revista *Lib* per les pàgines centrals. El xofer es relaxà del dur treball del volant fitant el pelam d'una conilleta *play-boy*, que mostrava a tota plana les seues aptituds per a la recria d'espècie. Llargà un prolongat ¡uf!

El taxista admirava l'estampeta amb una bona dosi de frustració. Acostumat com estava a l'excessiu greix domèstic, aquella fotografia semblava tan irreal com veure de bisbe de bateria en un grup de *rock* dur. Encara que amb els capellans mai no se sap. Doneu-los temps.

Passà els fulls i deturà la vista a la secció de «buzón-Lib», una mena de cartes al director capaç de pujar la pressió sanguínia a un panda. S'ajustà les ulleres i mamprengué a llegir.

Però no, ja que una dona jove abillada amb pantalons vaquers el va interrompre quan encara no havia passat d'allò de *«Señor director...»*

—¿Està lliure? —Preguntà la dona.

El taxista sospirà i féu un gest de paciència. Treballava a jornal.

—Sí —digué encaminant-se al cotxe.

La dona el seguí. Dos joves l'acompanyaven.

—¿On volen anar? —preguntà el xofer mirant pel retrovisor.

—A l'avinguda del Cid —contestà la dona.

L'home deixà caure la mà a la palanca del taxímetre i l'aparell marcà quaranta-dues pessetes. Posà en marxa el vehicle i tombà per Colom. Engegà la ràdio, eren les dues de la vesprada.

—¿A quin número de l'avinguda? —féu el taxista.

—Cap al final —respongué un dels joves.

L'accent del jove no li era massa familiar al xofer i donà solta a l'habitual curiositat del gremi.

—¿Són d'ací, vostès?

—Sí —féu Joan, rònec.

—M'havia paregut que el seu parlar no era d'ací, de València.

—Sóc de Vinaròs.

—Ja deia jo...

El taxista aturà un moment la conversa per tal de sentir la locutora del noticiari de les dues: «Els treballadors d'Altos Hornos del Mediterráneo intensificaran aquest estiu la campanya d'arreplega de signatures en un intent d'assolir les cinc-centes mil firmes necessàries. La campanya serà arreu de l'estat espanyol, a causa de la solidaritat que els empleats d'AHM estan rebent de la resta de treballadors. Miquel Campoy, membre dirigent de CCOO, està convençut que el govern recapacitarà la seua decisió davant del moviment de protesta que el comité d'empresa està preparant de cara a la tardor i que no sols consistirà en la...»

El xofer apagà la ràdio.

—¡És inaguantable!, això ho fan perquè els valencians som uns malnascuts i no tenim collons per a res. ¿Per què no desmunten Altos Hornos de Vizcaya? ¿Saben per què?, perquè els bascs els omplirien de dinamita la Moncloa, estan acollonits per aquella gent. Però ací, com que som uns imbècils, fan el que els passa pels ous. Si fóra de Sagunt i em trobara de cara el Solchaga de l'hòstia... —el taxista mirà els altres pel retrovisor— És per a penjar-los, a tots. ¡Quin canvi ens han clavat! ¿No els pareix?

—Sí, potser vostè té raó en allò que és un problema d'ous...

—I d'ovaris —afegí la dona.

—¿Que si tinc raó? Mire, jo tinc una dona i tres fills a alimentar, si demà el ministre ve i em diu *«oiga, usted fuera que hay que reconvertir la industria»*. ¿O siga, que jo que només tinc les mans i el carrer per a poder córrer, fora? —El xofer enraonava com si tingués el ministre a la part de darrere—. Jo tire mà del mosquetó en un segon i...

—Som de Terra Lliure —féu la dona posant-li el canó d'una 38 especial al pols—. Si fa el que li diem no li passarà res. Continue per la carretera de Madrid.

El taxista es féu blanc com un vestit de comunió.

—Terra... Terra... ¿són terroristes?

—Em fa la impressió que no ho ha entès, som de Terra Lliure.

El xofer tirà la palanca del taxímetre cap avall, el viatge era gratis. Conduí el cotxe pel pas subterrani de l'avinguda del Cid i buscà la carretera de Madrid. Pel retrovisor, no llevava l'ull als singulars clients.

—Escolteu, jo tinc dona i tres fills...

—Preocupe's per vostè, faça el que li diguem i a sopar a casa. Tenim la seua matrícula i la seua adreça. ¿Entesos? Vostè no sap res, no ha vist res...

—No passen pena, senyors... jo estic cec, més cec que el secretari de la ONCE.

—Tranquil, home, fa un moment volia dinamitar la Moncloa.

—Home... sí... però jo... vull dir... que...

Fede esperava al final del pont d'Ademús passejant i mirant repetides voltes el rellotge. Malgrat el dia tan calorós que feia, duia una jaqueta que dissimulava la Star, amb el canó dins dels calçotets i subjectada al cinturó dels pantalons. Això, sí, tenia el segur posat.

Ni la presència, si fa no fa tranquil·litzadora, del 4-L de Butxana al principi del pont l'asserenava.

Els dos pispes i el detectiu romanien expectants dins el cotxe, fumant un paquet de Winston del Penjoll.

—S'assembla tant a un pinxo com jo a Miguelito Bosé —comentà la Colometa.

—Fas unes comparacions criminals —contestà el Penjoll.

—Ja vos ho he dit —intervengué Butxana—, és un neòfit al qual les necessitats econòmiques l'han impulsat a robar.

—Quin trellat, el xicot, mira que assaltar la casa de Garcia...

—Ha sigut una casualitat, Colometa.

—Una coincidència que, mira per on, ens beneficiarà —digué el Penjoll recolzant-se al seient de darrere—. ¿Tu li has dit que anem a repartir, no?

—¿No podeu deixar de pensar en la puta pela encara que només siga per un dia? ¿No penseu que potser Fede estiga en perill?

—I que ho digues —contestà Colometa—. El Branon és un angelet de metralleta. Estic segur que el xicot es queda sense un duro.

—I el Marsellès, ¿coneixeu el Marsellès?

—No, deu ser un furtamantes.

—¡Atenció! —exclamà el Penjoll.

Una furgoneta marca Ebro s'aturà al final del pont. Als laterals, el vehicle duia imprès un rètol d'un taller de llanterneria. L'Ebro era de matrícula recent.

—Les matrícules són falses —descobrí Butxana—. És un model de furgoneta que ja fa temps que no es fabrica, és impossible que les plaques siguen tan noves.

Colometa féu un bes al tos del detectiu.

—Quin xic tan sabut...

—Que reputa m'has eixit. Més serietat, ¡hòstia! —Digué Butxana engegant el cotxe.

Fede pujà a la furgoneta i s'assegué al seient de darrere. El Marsellès conduïa. Branon tenia el cos rígid i seia a la butaca davantera. Tots dos tenien el semblant prou seriós.

El cambrer saludà.

—Hola. Heu sigut puntuals.

—No tenim el costum de fallar —contestà l'Americà mirant el rellotge—. ¿Has dormit bé?

—Perfecte.

—M'alegre, has de tindre els ulls ben oberts —Branon extragué de la guantera del vehicle una Browning 9 mm—. Pren, sempre va bé per a intimidar.

Fede no mostrà sorpresa, recordà els consells de Butxana.

—Per a intimidar i per si algú es posa gallet —féu el cambrer, somrient i guardant-se la pistola a la butxaca de la jaqueta. I afegí—: Encara que jo preferesc no utilitzar-la, però si no hi ha més remei...

El Marsellès, alçà la vista per tal de veure la cara de Fede pel retrovisor. Vaja, pensà, i semblava mitjafiga.

L'Ebro seguí la carretera d'Ademús passant el col·legi professional dels jesuïtes i deixant endarrere els gratacels de la Fe. El cambrer girà el cap i veié el 4-L de Butxana. Se sentí més tranquil.

—La cosa va de xalet —féu el Penjoll.

—Per l'hora que és, deu ser alguna casona retirada. ¿Fem una aposta, Penjoll?

—Si pagares...

—¿Alguna vegada no t'he pagat, jo? —protestà Colometa.

—¡Tindràs collons!, ho fas sempre.

Butxana prengué la paraula.

—¿Penseu que anem d'excursió o què?

—Mira, Butxana —féu Penjoll— des que el negrales aquell s'endugué la teua dona no hi ha qui t'aguante.

—Quin negrales ni quines hòsties. A la furgoneta hi ha una persona que corre perill. Per a negres estic jo, ara.

—Està bé, home —intentà calmar-lo Colometa—, no podem fer res, encara. Tampoc anem a anar com en un soterrar. ¿Què et passa, Butxana?, que et sents d'alguna manera responsable de la sort del xicot, ¿no?

—És possible, per res del món voldria que li passara res.

—Tranquil·litza't, no tenia més remei que acceptar el treballet.

—No vos ho havia volgut dir, però com més ho pense, més confús estic. És tan estrany que l'hagen buscat per a un gran robatori de quadres. ¿I si el liquiden, una vegada acabat el treball? No puc llevar-m'ho del cap...

—Ni ho somies, això és cosa nostra.

—¿Sí?, ¿i com li cuidem la salut, a pedrades? —el Colometa acabava de posar allò que se'n diu el dit a la nafra.

—Toni va armat —contestà el Penjoll—, ¿no?

—No —féu el detectiu.

El Penjoll s'incorporà del seient.

—Quins ous els teus, Butxana. No m'ho explique...

—Escolte —féu el taxista amb veu titil·lant—, ¿no podria llevar-me això del bescoll?

La dona retirà una mica el canó de la pistola sense deixar d'apuntar el tos del xofer.

A l'altura de la base aèria, una parella de la guàrdia civil vigilava el trànsit rodat. Maria es repenjà al seient i dissimulà l'arma baixant la mà fins a la meitat del respatller del conductor.

—Alenteixi la marxa —recomanà Joan al taxista—. I fumi, li calmarà els nervis.

L'home allargà el braç a la safata del canvi de marxes i agafà una cigarreta d'un paquet de Record. Premé l'encenedor electrònic del cotxe i esperà. Pere li oferí foc. El guàrdia civil de la banda dreta alçà la mà fent un senyal al taxista.

—I ara, ¿què faig?

—Pari i baixi del cotxe, no deixi que el guàrdia s'aboqui a l'interior. Mantingui la porta oberta sense allunyar-se'n —Joan baixà la finesteta lateral—. No faci cap ximplesa, tres pistoles l'encanonen.

El taxista reduí la velocitat i aparcà uns cinquanta metres més enllà d'on es trobava el verdós. Esperà que vingués el policia xuclant amb insistència de la cigarreta. L'home d'uniforme el saludà estil militar.

—Bona vesprada —digué—, ¿on van?

—A Xiva —s'avançà Maria traient el cap per la finestra.

—A Xiva —repetí el xofer.

El guàrdia civil somrigué a la dona. Tot seguit es dirigí al taxista.

—No portava el cinturó de seguretat —féu mentre obria el talonari de multes.

—És que... com que estic acostumat a conduir per la ciutat...

—Ara està en carretera nacional. Ho lamente, hauré de denunciar-lo. Ensenye'm el permís de conduir.

—El xofer s'introduí al cotxe i extragué una cartera de pell de la guantera. El policia observà la fotografia del carnet i va omplir el formulari. El taxista, mentrestant, observà l'actitud dels joves que romanien llestos a qualsevol moviment d'ells dos.

—Firme —li digué el guàrdia civil.

El conductor estampà una signatura irrecognoscible. El policia arrancà una còpia i tancà el quadern.

—Vaja amb tranquil·litat, els caps de setmana són perillosos —s'acomiadà el guàrdia. Abans, però, tornà a somriure a la dona.

El taxista pujà al cotxe i es torcà la suor, tenia la cara amerada. Xuclà per última vegada la cigarreta i n'encengué una altra. Sospirà llançant el fum contra el vidre davanter.

—¿A on?

—Cap a Xiva —respongué Maria—, però entre pel primer caminal que veja a la seua dreta.

El conductor notà al bescoll una bafarada d'aire calent; els tres joves esbufegaven. Engegà el motor i s'ajustà el cinturó de seguretat.

—Accelere —ordenà Pere.

El taxista xafà l'accelerador a fons i envaí la calçada esquerra diverses vegades per tal d'avançar la coa de camions que circulaven per la carretera. Alguns cotxes que venien en sentit contrari protestaren de la temerària conducció del taxi amb llampades de llum i tocades de clàxon.

—No en faça cas, tire endavant —insistí Pere mirant el rellotge.

—Està bé —contestà l'home amb veu agra i augmentant la velocitat. I tot seguit mormolà:

—¡Déu!, quin dia duc. Em segresten, no em paguen el viatge i, damunt, em denuncien.

—Pense que és una contribució a la «causa» —el consolà Pere.

—Per a causes estic jo.

—Quan passe el pròxim restaurant gire per un camí empedrat que hi ha a uns cinc-cents metres —observà Maria al xofer.

El cotxe deixà endarrere el restaurant, recorregué un tros a baixa velocitat i voltà per un caminal ample alçant núvols de pols.

—Aturi's i baixi del cotxe —ordenà Joan.

El xofer assentí i aparcà en una vora. Maria i Joan comminaren l'home a entrar en un camp de garrofers. Elegiren un arbre allunyat del caminal i el lligaren abraçant a l'inrevés la grossària del garrofer. Pere, mentrestant, canvià el cotxe de direcció mantenint el motor en marxa i en punt mort. Joan emmordassà la boca del taxista amb un mocador. Maria tranquil·litzà l'espant de l'home.

—Trobarà el cotxe a l'entrada de Bunyol, en bon estat. Per la seua pròpia seguretat li recomane prudència a l'hora de fer declaracions. Diga que anàvem encaputxats, ¿correcte?

Digué que sí amb el cap. Joan i Maria corregueren cap al vehicle, pujaren darrere i Pere soltà amb rapidesa l'embragatge.

Només eixir a la carretera, Pere hagué de fer una maniobra cap a la dreta per tal de deixar avançar un

cotxe que, en sentit contrari, demanava pas amb urgència. Una dona enlairava un mocador per la finestreta; al seient de darrere, un home aguantava el cos d'un ferit. A tocar d'ells, un altre cotxe els seguia a gran velocitat.

—Ens falten deu quilòmetres —féu Maria a Pere—. A l'entrada de la carretera hi haurà un G-S amb un company al volant. Ell ens conduirà al xalet de l'enginyer.

—D'acord —contestà Pere—, en sis o set minuts ens plantem allí.

Joan agafà el paquet de tabac del taxista i repartí una cigarreta per a cadascú. Maria pressionà l'encenedor electrònic i parà esment en unes fotografies de carnet, on tres xiquets d'aspecte feliç i una dona amb posat de mareta, transmetien un missatge esperançador: «no córregues, t'esperem». Maria encengué una cigarreta i li la passà a Pere.

—Vaja quin dia li hem donat a l'home —comentà Pere.

—De segur que no l'oblidarà en molt de temps —afegí Joan—. Espero que no pateixi d'incontinència verbal.

—D'un taxista no et pots fiar mai, però no crec que xarre més del compte, estava bastant astorat.

—¡Oi, i tant! —sintetitzà el del Maresme.

—Veig un G-S aparcat en sentit contrari —avisà Pere—. ¿És aquell?

La dona alçà el cap i observà el cotxe.

—Sí —afirmà—. És molt estrany, no havíem quedat en aquest punt de la carretera. Continua endavant. Si quan passes a la seua altura no veiem res sospitós t'atures.

No calgué, del Citroën baixà un jove que Maria reconegué a l'instant.

—Para, és ell.

Pere frenà en sec, féu mitja volta i aparcà darrere del G-S. Tots tres baixaren del cotxe i es dirigiren a l'encontre del company. Aquest féu un gest de ràbia.

—Tot a la merda —digué.

Joan mirà els altres dos. Maria s'encarà al del Citroën.

—¿Què vols dir?

—Vull dir que per cinc minuts se n'ha anat tot a fer la mà. El xiquet de l'enginyer ha caigut de l'engronsadora. De la manera que se l'han endut, pareix que s'ha obert el cap. L'enginyer, la dona i el guardaespatles, han marxat a tota hòstia en direcció a València. ¿Com heu tardat tant?

Pere pegà una puntada de peu al pneumàtic davanter del G-S.

—Ens ha parat la guàrdia civil de trànsit —contestà Maria.

—¿I ara què? —preguntà Joan.

Es miraren les cares. S'obrí un silenci.

La furgoneta arribà prop d'un solitari xalet d'aparença luxosa, en els confins dels termes de Paterna i la Canyada, terme, aquest últim, de progressiva decadència social com a zona d'estiueig de la classe alta, i, a hores d'ara, terreny de pins bords —arbres que ni tant sols serveixen per a ser incendiats—, barrejats amb mates de coscolla i de llentiscle.

El vell erigí la seua casa al bell mig de la solitud sense importar-li el paisatge que l'envoltava. S'ho compensà interiorment, amb gespa ben acurada i retallada uniformement, xacarandes verd clar amb flors de color lilàs i una bardissa de tuies on feien nius els gafarrons. Una filera de pins mediterranis voltaven la part de dins del xalet; sobreixien per damunt de l'alçària de la tàpia i n'impossibilitaven la visió. A la seua dreta, en un costat del xalet, hi havia una petita casa de simetria ben simple.

Tenia el cabell ros i una edat aproximada als trenta anys. Passejava per la gespa, amb gambades assossegades i xuclant d'una cigarreta, amb les mànegues de la camisa arromangades fins al colze i una pistola enfundada sota l'aixella, quasi a tocar de la cintura. L'altre guardaespatlles romania dins la caseta mirant un programa de televisió.

Branon, el Marsellès i Fede baixaren de l'Ebro.

Butxana continuà recte per un caminal com si fos un sofrit funcionari a la recerca del seu xalet.

—Ha passat un cotxe —observà el Marsellès a Branon.

—No importa, ha passat de llarg —digué l'Americà tranquil·litzant l'esverament de l'altre—. Ací tenim el xalet, aneu per la porta principal, però manteniu-vos a distància, jo obriré. En el mateix moment, molt a poc a poc, vos dirigiu a la casa més xicoteta. Ja saps què has de fer —digué mirant el Marsellès—. Immediatament vos espere a la planta baixa de la casa gran.

—Està bé —assentí Fede avançant-se a l'altre.

Pistola en mà, Branon s'adreçà a una porteta de servei que hi havia en un lateral de la façana del xalet.

Butxana aturà el 4-L.

—Silenci absolut —pregà el detectiu als dos pispes—. Cama cap al xalet.

L'Americà no tingué cap dificultat a obrir la porteta, la clau hi encaixà de seguida. Ajuntà la porta amb suavitat i restà quiet observant els moviments del guardaespatlles que acariciava, a l'altre extrem del jardí, el llom d'una parella d'ocells.

Branon colpejà amb el mànec de la pistola l'acer de la porta i aguardà la vinguda del custòdia amagat darrere d'un pi.

El guardaespatlles s'apropà seguint l'eco del soroll, fixà la vista en la porteta entreoberta i féu menció de desenfundar l'arma.

L'Americà no li donà temps. A boca canó, disparà dos trets a la panxa del ros que, instintivament, es dugué les mans al ventre com si volgués aturar la ràpida eixida de sang escampada per la camisa. Abans de desplomar-se, encara veié la figura d'un home desenroscant un silenciador de pistola. Tot seguit, l'obscuritat.

El detectiu i els dos pispes s'amagaren darrere de l'Ebro des d'on observaren els moviments del Marsellès i de Fede.

—Ja entren al xalet —avisà amb veu baixeta el Penjoll.

Branon els obrí la porta principal. El Marsellès es dirigí a la caseta seguit a escassa distància pel cambrer. Dins el xalet regnava un gran silenci, només trencat pel vol d'una parella de gafarrons que no veien gens clar l'assumpte.

Amb senyes, el Marsellès ordenà a Fede el màxim de sigil per tal de sorprendre l'home que es trobava al menjador, assegut en un sofà de cul a l'entrada. Per damunt del respatller sobreeixia una poblada cabellera negra i el fum d'una cigarreta invisible. La televisió emetia un programa sobre la guerra del Txad.

Un a tocar de l'altre, tots dos s'atansaren, de puntetes, al sofà.

Va ocórrer en dos segons; tanmateix, Fede ho recordaria mentre visqués; veié com el front de l'home es convertia en una massa esponjosa de sang i, a continuació, un petit tros de cervell colpejà la seua cara relliscant-li galtes avall. El cambrer volgué desmaiarse, però el Marsellès no li ho consentí; li aventà una gran bufetada. De seguida tornà a la puta realitat.

—És ara quan ve la faena, idiota —li recriminà el pistoler.

Fede intentà demanar explicaciones d'aquell fet, però callà. L'altre tenia la pistola a la mà. Ell en tenia dues, però com si res, pressentia una diarrea estival.

—Anem a portar l'altre ací —digué el Marsellès.

El cambrer el seguí com un autòmat; pel camí pensà en Butxana.

El detectiu es dugué les mans al cap.

—Han disparat —digué fent menció d'anar cap al xalet. Hauria anat si el Penjoll i la Colometa no li haguessen barrat el pas.

—No podem fer res, Butxana, esperem.

El cambrer sentí ois davant l'altre cadàver que jeia de bocaterrosa damunt la gespa. S'agafà el ventre amb força i perbocà damunt dels pantalons del guardaespatlles. El Marsellès esclatà en rialles mentre agafava per les aixelles el mort i esperava que Fede ho fes per les cames.

—Vinga, Branon espera.

Es torcà la boca amb la mànega de l'americana i alçà les cames del difunt amb un regust amarga al paladar. Traslladaren el guardaespatlles a la caseta, no sense abans Fede caure tres vegades a causa dels estirons que pegava el Marsellès. El cambrer intuí que la cosa no anava de quadres.

—Quedeu-vos ací —digué Butxana als dos pispes.
Marxà corrent en direcció a la porta principal. Entreobrí una mica la porta: el cambrer transportava un cadàver. Tornà a l'Ebro.

Daniel Calabuig era al saló, assegut en un gran i confortable sofà de tela a flors estampades. Era una sala d'estar ampla i llarga que ocupava gairebé tota la planta baixa de la casa. La xemeneia romania apagada amb dos troncs esperant la tardor.

El president del consell d'administració de COFINSA llegia un llibre de Marcel Proust: *Pel camí de Swann.* Al seu voltant, l'art i el luxe s'associaven amb una mena de pacte joiós. Quadres de Miró, Tàpies, Mompó i mobles moderns d'estil italià, decoraven la sala. Li proporcionaven un aspecte alegre. Dalt de la xemeneia, la difunta esposa havia estat immortalitzada per la mà experta de Maria Montes.

En aquell saló tot resultava d'una extremada elegància moderna, tot, és clar, menys l'Americà, que penetrà a la sala pistola en mà i infligint un dur càstig al bon gust. Es dirigí al vell. El Marsellès i Fede anaven darrere.

Allò que un dia podia succeir estava passant, pensà Daniel Calabuig quan veié avançar els tres homes cap on era ell.

—¿Què volen? —digué, com si no sabés el que volien.

Branon pensà que el més fàcil hauria estat liquidarlo allí mateix, però havia de fer tota la resta per seguir les instruccions d'Enric i entabanar el Marsellès i Fede.

—Açò és un segrest.

Al vell, se li accelerà la respiració, es dugué les mans al pit. Al cambrer no li quedava res per boçar, tragà saliva.

—Estic malalt... malalt... deixe'm que... agafe les pastilles.

—Marsellès, Frederic —ordenà l'Americà—, emporteu-vos-el.

Agafaren el vell i l'alçaren del sofà conduint-lo cap al jardí. Abans, però, Fede s'embutxacà dues capsetes d'Isoket i Digoxina, que hi havia en una tauleta de vidre fumat. També son pare patí del cor. Branon no s'adonà de l'acció del cambrer, ocupat com estava a col·locar al vell unes ulleres opaques.

Fora, el detectiu i els dos pispes aprofitaren els matolls i els pins bords per a reempendre la retirada cap al 4-L. La Colometa havia observat moviment a la porta del xalet i Butxana els féu senyals de retrocedir. Els segrestadors restaren un moment a l'aguait i s'adreçaren a la furgoneta.

—No arranques encara —li recomanà el Penjoll.

—Sé el que he de fer —contestà Butxana.

—Está bé, però estàs molt nerviós. ¿Què farem, ara?

El detectiu encengué una cigarreta.

—Seguir-los. Després anirem a veure un amic meu que té una armeria.

—¿Una armeria? —preguntà la Colometa.

—Sí, ell ens facilitarà unes pistoles.

—Però és dissabte, Butxana, l'armeria estarà tancada.

—No hi ha problema, viu en la mateixa finca. Hem de traure del bullit Fede, siga com siga, aquesta nit. ¿M'ajudareu?

—Clar que sí, home.

L'Ebro es posà en marxa retornant per la mateixa carretera per on havia anat al xalet. Fede girà la vista endarrere i observà, diluït entre la pols, el cotxe beix de Butxana. Però ni això el consolà.

19

La recepcionista del «Noticias» alçà l'auricular amb un gest mecànic. La dona formava part del ramat de privilegiats que havien tingut la sort de trobar un treball a hores d'ara. Avorrit i de poca activitat, però un treball, al capdavall.

—Redacció de «Noticias» —digué amb veu poc entusiasta.

Josep romangué un moment en silenci i a continuació digué:

—Pose atenció al comunicat, és molt important i no el repetiré.

La recepcionista s'acostà el quadern de notes.

—L'organització Terra Lliure —prosseguí la veu a l'altre cap del fil— reivindica el segrest de l'enginyer en cap de la central nuclear de Cofrents. L'empresa COFINSA disposa de setanta-dues hores per tal de paralitzar les obres de la central. Si a l'acabament del termini no anuncien a la premsa l'aturament de les obres, l'enginyer serà executat. ¡Visca la terra!

Tot seguit l'aparell féu un pip prolongat. A la recepcionista, no li havia donat temps d'anotar el comunicat complet. Penjà el telèfon, mirà l'hora i marxà al despatx del director.

Toni Butxana aparcà el cotxe en doble fila. La gent que entrava a la discoteca Brujas no es molestava a estacionar els vehicles i la plaça dels Patos resultava intransitable.

Es dirigí a l'armeria que, a causa de l'hora, era tancada. Aleshores entrà per la porteria del costat i buscà el nom de Manuel Català entre la renglera de petites bústies. El detectiu suava copiosament en la cara i en les mans. Les gotes de suor li regalimaven pels ulls i li dificultaven la recerca; Manuel Català i Alfaro, quart pis, porta vuitena. S'eixugà la cara amb el mocador i pujà per les escales sense adonar-se de la presència de l'ascensor al replanell d'entrada.

Li obrí la porta un home alt i musculós amb un repoblat bigot negre. Una mena de representant de l'ètnia mediterrània però en versió moderna: era excessivament alt.

—Toni, ¿què et passa? —féu en veure la figura exhausta del detectiu.

Butxana li pregà amb les mans una mica de paciència. Quan es recuperà li digué:

—Passen moltes coses, però no hi ha temps. Vull que em faces el favor més gran que em faran en ma vida. Necessite tres armes. Ràpid, Manel, és molt urgent.

Manel agafà un clauer i baixà acompanyat per Butxana a l'armeria. El Penjoll i Colometa isqueren del cotxe i entraren a la botiga.

—Són amics meus —digué el detectiu a l'armer.

Colometa observava embadalit la figura atlètica de l'amic de Butxana. El Penjoll li féu una colzada.

—¿En què penses?

—¡Uf! —contestà Colometa.

El botiguer deixà damunt el taulell de fusta tres Stars —l'arma preferida pel detectiu— i una capseta de municions.

—¿Per a què les voleu?

—Anem a assaltar Banca Catalana per a invertir després en Rumasa —bromejà Colometa mostrant un somriure beatífic.

—Que graciós, el teu amic —digué mirant Butxana.

El detectiu carregà les pistoles i es guardà les bales sobrants a la butxaca.

—Ja t'ho explicaré, Manel. Et tornaré les pistoles, les bales serà més difícil.

—Valen seixanta peles cadascuna —matissà el botiguer.

Però tots tres ja es trobaven a la porta.

—Gràcies i adéu —s'acomiadà Butxana.

—Però...

El 4-L arrancà.

El cambrer romania a la casa de camp amb l'esperança de veure entrar per la porta el detectiu i els dos amics com si fossen la policia muntada del Canadà. No apartava els ulls de la porta, tot i procurant mostrar-se d'allò més normal i decidit. Havia rebut efusives felicitacions de l'Americà pel seu comportament al xalet.

El cel prenia el seu habitual color fosc de la nit. Branon mirà el rellotge i ordenà a Fede que baixàs al celler.

—Prepara-li un entrepà. No parles amb ell, ni tan sols de l'oratge. Dóna'm la pistola, Frederic, allà baix no la necessitaràs. No siga cosa que et poses nerviós i fotes el negoci.

Branon somrigué a Fede, aquest li entregà la pistola i baixà al celler. Quan el cambrer desaparegué, l'Americà féu una senyal al Marsellès i aquest se li apropà.

—Me'n vaig al poble a telefonar, aprofita l'ocasió per a carregar-te'ls; quan vinga traslladarem els cadàvers cap a l'interior de les muntanyes i ens n'anirem. Assegura't que són ben morts. Hi ha deu milions pel mig, Marsellès.

—No passes pena, Branon, més fàcil no pot ser.

—D'acord, torne en un moment.

Daniel Calabuig tenia les mans lligades al respatller d'una cadira i els ulls i la boca tapats amb un mocador. Fede, abans que res, i només entrar al celler, llevà el segur a la Star de Butxana i se la tornà a col·locar al cinturó. Tancà la porta per dins i es dirigí on era l'industrial.

—No es preocupe, senyor —li digué llevant-li el mocador de la boca.

—Em trobe malament. ¿Qui és vostè? ¿És de la policia?

El cambrer li aixecà el mocador dels ulls. Daniel Calabuig parpellejà, i tot seguit, quan acostumà la vista a la penombra del celler, exclamà:

—¿Com és possible?, ¿què faig ací?

—L'han segrestat...

—¡Però si la casa és meua!... i vostè... vostè és un dels segrestadors.

—Un moment, jo li explicaré, però abans prenga, li he dut les seues píndoles —el cambrer li allargà les capsetes d'Isoket i Digoxina—. Li seran necessàries. Tranquil·litze's, estic esperant uns amics que, de segur, ja hauran avisat la policia —Fede s'ho pensà millor i rectificà—. Bé, no sé si l'avisaran, però ells vindran, ja ho veurà.

—No ho entenc, no entenc res del que està passant...

—Tampoc jo massa, deixe'm que li explique...

—¿I no hauria sigut millor avisar la policia? —preguntà Colometa a Butxana.

—No em refie dels mètodes policials; a més, Garcia coneix Fede.

—¿Què passa, Coloma, tens por? —féu el Penjoll.

—¿Por, jo? Ja veurem tu quan vinga l'hora de la veritat, que per cert no tardarà, ja hem arribat a Llíria.

—Mira l'Empariues... —es picà Penjoll—. Ara voldrà ser més home que jo...

—Ja va bé, deixeu-vos de conyes i obriu la pestanya —tallà el detectiu.

El Renault agafà la direcció de Marines voltant
per una carretera que circumval·lava el poble. Butxana reduí la velocitat. Cartells enganxats pels carrers de Llíria anunciaven un concert a càrrec de la Unió Musical local.

—La traca la pague jo —comentà Colometa amb aspecte seriós.

A l'eixida del poble, ja a la carretera de Marines, la furgoneta de Branon es creuà amb el 4-L. Entre la foscor de la nit i la poca llum que feien els fars del cotxe de Butxana, cap dels tres no s'adonà del rètol de servei de llanterneria de l'Ebro.

L'Americà recorregué els carrers del poble cercant una cabina de telèfons. Estava satisfet, tot havia eixit tal com ho tenia planejat. Només restaven a fer dues coses: donar el comunicat i liquidar el Marsellès. Després tenia tota la nit per davant per desfer-se dels cadàvers.

Deturà la furgoneta en una plaça i baixà dirigintse a una cabina que en aquells moments era ocupada per una enjogassada parella de jovenetes. Branon aguardà mostrant-los impaciència.

Butxana posà el llum llarg, que en realitat no oferia millor visió que els llums de creuament de qualsevol cotxe normal.

—Crec que ja tenim prop la figuera. Farem el que falta a peu.

—Avant, Colometa —animà Penjoll al soci—. Segur que entres a Hollywood per la porta gran.

Caminaren cap a la casa.

Branon despenjà l'auricular i marcà un número que duia anotat en un paper.

—Redacció de «Levante», diga'm.

—Sóc de l'organització ETA —féu l'Americà amb una accent que era l'hòstia—. Demanen la demo... qui... ció —la parauleta era la llet, pensà—, vull dir, la demolició de la central nuclear de Cofrents. Si no ho fan en quaranta-vuit hores, morirà el president de COFINSA. Ja ho sap, morirà —remarcà les últimes paraules i penjà.

L'home de la centraleta pensà que era una broma, però, per si de cas, comunicà amb el redactor en cap.

—Rafa, acabe de rebre un comunicat d'ETA, es veu que han segrestat el president de COFINSA.

—¿ETA-m o ETA-pm?

—No ha dit res, sobre això, semblava una broma; volen la demolició de la central nuclear.

—Està bé, Fèlix, ara ho aclariré.

El redactor en cap consultà una agenda de telèfons i amb el bolígraf marcà el número de Marià Casacuberta, vice-president de COFINSA.

—¿Sí? —contestà una veu femenina.

—Escolte, sóc de la redacció de «Levante», voldria parlar amb el senyor Casacuberta.

—El senyor —féu la minyona— fa uns moments que ha eixit cap el seu despatx...

—Gràcies —digué, i penjà el periodista.

Tot seguit buscà el número de l'empresa. N'hi havia uns quants i decidí a l'atzar; comunicava. En marcà un altre.

—COFINSA, diga'm.

—De la redacció de «Levante», ¿està el senyor Casacuberta?

—No es pot posar, jo li contestaré les preguntes que vulga fer —digué la senyoreta, amablement.

—Escolte, és molt important, acabem de rebre un comunicat.

—Un moment, ara li'l passe.

El periodista encengué una cigarreta, pressentia una bona notícia.

—Sí, diga'm —contestà una veu nerviosa.

—¿Senyor Casacuberta?

—Jo mateix.

—Mire, fa un instant hem rebut un comunicat de l'organització ETA reivindicant el segrest del president de COFINSA, volia confirmar la versemblança de la notícia.

—És possible, per desgràcia, que siga veritat, ja que aquesta vesprada han segrestat l'enginyer en cap i fa una estona que intentem comunicar amb Daniel Calabuig i no contesta. És molt estrany, sempre es troba en casa, ell.

—¿Qui ha reivindicat el segrest de l'enginyer?

—Terra Lliure.

—¿Vol dir que és una operació conjunta?

—Pel que vostè m'acaba de comunicar, no hi ha dubte que és així. Havíem convocat ara una reunió de premsa però la retardarem una hora més, ja que vostè ens ha confirmat els presagis que teníem.

—¿On?

—Ací, a les oficines de l'empresa.

—Està bé, senyor Casacuberta, hi acudirem.

El redactor isqué amb rapidesa del seu despatx. Abans, però, féu unes ratlles en un paper en blanc.

—Núria, Isabel, Ferran, prepareu un titular de primera plana. És la notícia de l'any.

—¿Quina? —preguntà Núria.

—ETA i Terra Lliure, en una operació conjunta, segresten el President de COFINSA i l'enginyer en cap de la central nuclear.

 La histèria envaí la redacció.

La casa estava apartada de la carretera uns deu metres i la nit era fosca, malgrat el dia tan assolellat que havia fet. Detectiu i acompanyants feren l'últim tros vorejant el marge d'un sèquia que, plena de junça, els dificultava el pas. Caminaren lentament i una mica a les palpes.

—Podies haver dut una llanterna —protestà Colometa.

—La situació no m'ha donat temps de pensar en res, només en el perill en què es troba Fede. L'he de traure encara que em coste la pell.

El Penjoll relliscà marge avall desequilibrant Butxana en un intent d'agafar-se a la seua cintura.

—Fixa't on poses els peus, Penjoll —féu el detectiu allargant-li una mà.

—Ja m'agradaria a mi veure els GEO en aquesta operació —remugà el pispa mentre refregava el peu per damunt la junça.

—Butxana, ací tenim la casa —avisà Colometa—. Sí que és, té un gran arbre a l'entrada.

—¿És una figuera?

—No ho sé —respongué Colometa—. No entenc jo massa de figues.

—És la casa, segur —intervingué Penjoll—. ¿I ara, què?

—Anem a preparar la millor manera d'actuar. En principi hauríem de buscar les finestres laterals per si existeix la possibilitat d'entrar...

—¿Has sentit, Butxana?

De l'interior se sentiren dos tirs de pistola, opacs, audibles en el silenci de la nit. El Marsellès intentava entrar al celler.

—Sí —contestà el detectiu—, semblen els tirs d'una pistola amb silenciador. Cal tirar la porta...

—Un cotxe s'aproxima.

—A terra —ordenà el detectiu.

La casualitat i les presses volgueren que Colometa caigués gitat a sobre de l'esquena de Penjoll.

—¿No hi havia un altre lloc, malparit?

Colometa somrigué nerviosament. La junça tapava els cossos dels tres homes. El vehicle reduí la velocitat i féu una maniobra lenta per tal d'accedir al terreny d'entrada. A l'interior de la casa es produí un altre soroll opac, aquesta vegada esmorteït pel motor en marxa de l'Ebro.

—És la furgoneta que estava aparcada a la porta del xalet —descobrí el detectiu—. Ara tenim una bona oportunitat. Entrarem tots junts.

Aprofitant el soroll del motor, tots tres, arrossegant el cossos primer i gatejant després, arribaren a tocar de la figuera. Branon apagà els llums i desconnectà la clau del motor. Desenfundà l'arma i obrí la porta de la furgoneta.

—Tira la pistola i no et gires —digué el detectiu encanonant-li els ronyons—, ¿portes claus?

—No —contestà amb sequedat, Branon.

Colometa li llevà l'arma de la mà.

—És l'Americà —diguè el Penjoll.

—Està bé, Branon, ara tocaràs a la porta i li diràs al Marsellès que òbriga, ¿entesos?

—Sí.

—No et faces el viu que et forade la pell —amenaçà Butxana, visiblement nerviós—. Avant.

Amb el palmell de la mà, l'Americà féu tres colps seguits a la porta gran.

—Marsellès, sóc Branon, obri.

Butxana sentí les passes del pinxo apropar-se. També se sentia bategar el seu propi cor. El Penjoll es posicionà a un costat i alçà la pistola a mitja altura.

—Pregunta-li de nou —ordenà el detectiu a Branon, colpejant-li els ronyons amb la Star—, ¡vinga!

—Branon dubtà.

—O... Obri, ¿Marsellès?

—Sí.

I obrí la porta.

L'Americà es precipità a l'interior, es féu a un costat i es tirà a terra. El Marsellès intentà tancar la porta però el Penjoll, més ràpid, li disparà dues vegades al pit, mentre Butxana buidava el carregador a les cames i a l'espatlla de Branon. El rebedor de la casa s'omplí de fum, soroll i flaire de bales. El detectiu deixà caure el braç que mantenia l'arma i recolzà l'altre al marc de la porta; llançà un sospir i es girà de cara als pispes. Colometa tenia la vista fixa en l'interior de la casa, el Penjoll seguia amb la mirada els últims moviments de la seua víctima, que retorçava mig cos damunt d'una taula corcada.

—¿Esteu ferits?

—No... crec que... no —contestà el Penjoll, palpant-se la pell.

—Quatre-centes vuitanta peles —comentà Colometa.

—¿Quatre-centes vuitanta què? —preguntà el soci.

—Les bales, Penjoll. No ha eixit massa cara, la festa.

—Vés i que et donen pel cul...

El detectiu entrà a la casa obrint portes d'habitacions i cridant amb desesperació.

—¡Fede, Fede, som nosaltres!

—Ací baix, Butxana. Ara eixim.

Fruit de les tensions acabades de passar o pel que siga, el detectiu se li féu un nus a la gola en veure la figura del cambrer. Corregué cap a Fede, abraçant-lo i prement-lo fortament contra el seu cos. Daniel Calabuig contemplava l'escena assegut en una cadira.

El cambrer no pogué reprimir l'estat de nervis i deixà escapar un plany.

—Tranquil·litza't Fede, s'ha acabat tot. Desfoga't, això t'asserenarà.

—És... és... l'alegria de ... veure-vos —sanglotà el cambrer.

—Ja veus —distendí la Colometa al moment—. Ací ens tens, col·lega. Hauries d'haver vist l'actuació del meu soci, semblava John Wayne en un saló de l'Oest.

De pur neguit, Fede barrejà sanglots i rialles.

—¿Quan sopem? —continuà la broma el Penjoll.

Daniel Calabuig alçà la vista i mirà Butxana.

—Vos estic molt agraït per tot el que heu fet per mi.

El detectiu s'acostà on era el vell.

—Mire, senyor, a nosaltres ens alegra molt que es trobe bé, però hem vingut perquè perillava la vida de Fede, és amic nostre. A vostè no el coneixem.

—És el President de COFINSA —assenyalà el cambrer.

—¿I això què és? —s'encuriosí la Colometa.

Calabuig s'aixecà de la cadira i dirigí la mirada on eren els pispes, digué:

—És l'empresa que finança la central nuclear de Cofents i que pretén posar-la en marxa quan acabe l'estiu. En fi, jo voldria agrair-vos d'una manera pràctica la vostra acció de hui. Fede, el vostre amic, m'ha contat com ha succeït tot i vull tranquil·litzar-vos en el sentit que la policia no sabrà res. D'això ens ocuparem en el consell d'administració; però, com he dit adés, voldria agrair-vos el favor. Si algú de vosaltres no té faena, jo, com a President de COFINSA, puc fer alguna cosa, és a dir...

—No, no es preocupe —s'apressà a tallar-lo el Penjoll—. Molt amable per la seua part, però de faena, ¡uf!, en tenim per dalt del cap. ¿Eh que sí, Colometa?

—Cada dos mesos fem vacances, imagine's —afegí el soci.

Butxana i Fede rigueren.

—En aquest cas, sapigueu que em teniu a la vostra disposició. De totes les maneres, espere que acceptareu un regal de la meua part i del consell d'administració, per a tots.

—Això podem parlar-ho pel camí —sintetitzà Butxana—. Au, que hem de sopar. Al poble hi ha bars.

—Estaran saturats —indicà el Penjoll.

—Igual té —féu Colometa—, més val menjar en pena que treballar a gust.

El detectiu, ara més serè, engegà el motor i féu mitja volta agafant la carretera en direcció a Llíria. S'estirà al seient i conduí el cotxe a poca velocitat. Al seu costat anava el vell amb aspecte desolat que no passà desapercebut a Butxana. Darrere, els altres tres comentaven les incidències del rescat. El detectiu pitjà el botó de la ràdio.

Una orquestra musicava les notes de la melodia *Yesterday*. La musiqueta envoltà Butxana de records amargs; una cançó amb la qual conegué la seua exdona. Es deixà dur pels pensaments, però per poc de temps; una veu d'home interrompé l'orquestra.

—«Ràdio-Cadena informa: tal com teníem previst, interrompem el programa musical per tal d'oferirlos una nova notícia sobre el doble segrest efectuat per les organitzacions terroristes ETA i Terra Lliure. En un nou comunicat, fet mitja hora després de la reunió de premsa, de l'empresa COFINSA, la policia valenciana desmenteix el segrest de l'enginyer en cap de la central nuclear, ja que aquest es trobava al centre clínic de la Fe, a causa d'un accident sofert aquesta vesprada pel seu fill. Així, doncs, i per a una major col·laboració per part de la població valenciana, que refusa enèrgicament els mètodes terroristes, la policia i el consell d'administració de COFINSA demanen a tots els ciutadans que qualsevol persona o moviment sospitós que observen es comunique ràpidament al quarter de la guàrdia civil més pròxim o bé, si resideix a la ciutat, a la comissaria del districte. L'empresa COFINSA reitera la seua voluntat de recompensar amb cinc milions de pessetes el ciutadà que facilite l'alliberament de D. Daniel Calabuig i la policia puga rescatar-lo amb vida. Passem a detallar-los les senyes físiques...»

El detectiu parà la ràdio i el cotxe. Tots quatre es quedaren mirant el president, aquest arronsà els muscles i féu un mig somriure a penes perceptible. Butxana li palpà l'esquena.

—¿Es troba bé?, ¿necessita alguna cosa?

—¿Vol les pastilles? —afegí Fede.

—Això, això, prenga's les pastilles —féu el Penjoll, acariciant-li el tos.

—No vos en preocupeu, em trobe millor, no em cal res. Arribaré a València —els calmà el vell—. Només necessite descansar.

—No ho agafe en cap sentit, mestre —digué el detectiu—, però, ¿quan podríem cobrar?

—Quan vulguen, no hi ha cap problema —contestà el president, lacònic.

Butxana girà la vista endarrere.

—Ja ho sabeu, xiquets, dilluns de matí, a les oficines de COFINSA.

20

Amb un paquet sota el braç, Fede esperava Butxana amb impaciència. Passaven cinc minuts de les deu del matí. Per la porta de Galerías Preciados entrava una multitud de dones desitjoses d'assolar el gran magatzem; l'empresa, per canvi d'amo, oferia rebaixats tota mena de teixits a preus estatals. El cambrer s'hagué de fer a un costat per tal que la marabunta compradora no el fes malbé. Els guàrdies de Galerías, com uns FOP qualssevol, intentaven posar ordre en aquella manifestació pro-consum; tres dones resultaren contusionades.

El detectiu arribà a tocar de Fede.

—¿Què és això? —preguntà.

—Rebaixes.

—Podies haver demanat el preu de les empleades.

Tots dos rigueren l'acudit, travessaren el carrer Colom i entraren en una cafeteria. Un cambrer els serví dos rebentats.

—Tens bon aspecte, Fede.

—El tindré millor quan em desfaça d'aquest paquetet.

Contestà Fede mentre li allargava un plàstic que envoltava el secreter i l'Omega del comissari. Butxana desenrotllà el paquet i observà el contingut del secreter.

—Garcia es posarà content. No falta cap peça, ¿no?

—Les peces estan totes, només falta la música. El Nis s'ha entretingut obrint i tancant la capsa i es veu que no sona. M'ha costat faena convèncer-lo que me'l donara. Ja li tenia afecte, però l'esquizofrènia ha pogut més; he promès canviar-li'l per un vídeo. Per cert, Butxana, ¿ens pagarà hui, COFINSA?

—Segur. Això de les nuclears sembla que és l'únic negoci rendible que queda. De totes les maneres no hauria vingut malament que el vell ens haguera fet un rebut d'entrega de mercaderia.

—No crec que calga.

—¿Per què?

Fede féu un glop de rebentat.

—A la casa de Llíria va passar una cosa un poc estranya.

—¿Quina?

—El president de COFINSA, quan li vaig llevar la bena dels ulls, reconegué la casa, va dir que era d'ell.

—¿Això digué? ¿Estàs segur d'això?

—Totalment.

El detectiu mogué el cap amb gest de convenciment.

—Això vol dir que el que organitzà el segrest és alguna persona pròxima a ell. Per això es mostrava tan preocupat; ara m'ho explique, tot. No m'estranyaria que el cervell del segrest estiguera dins l'empresa.

—És possible, Butxana, que siga tot com dius, jo també ho he pensat, però ja no importa, ¿no trobes?

—Sí... sí... —contestà Butxana, pensatiu—. He d'anar-me'n, li vaig dir a Garcia que a les nou i mitja seria al seu despatx —mirà el rellotge, i afegí—: d'ací a una hora acudiré a les oficines de COFINSA, espereu-me allí.

—D'acord. Confie que tot vaja bé, Butxana.

—No ho dubtes, els bòfies ja comencen a ser la meua especialitat... —féu el detectiu mentre eixia al carrer. Comprà un diari i s'enfilà cap a la comissaria llegint les notícies que encara parlaven del segrest. La nota policial i la de l'empresa eren de premi Planeta. La d'Alianza Popular sobre la despenalització de l'avortament, de jutjat de guàrdia. Lerma se n'anava a Amèrica, però només per deu dies. Els ecologistes acusaven COFINSA d'haver muntat un número en la qüestió del segrest per tal d'ablanir l'opinió pública, tot i que feien constar que ells condemnaven els mètodes violents. Allà ells, amb això del pacifisme, venia a dir una nota d'un grup ecologista dissident. El govern, d'altra banda, decidia paralitzar la central nuclear de Lemóniz: «*Que nadie piense que es por ETA*», deia una dels tants sots-secretaris del ministeri corresponent. Prohibit pensar.

Butxana tirà el diari just al costat d'una paperera que anunciava una marca de preservatius: Durex, *ahora lo tienes más fácil.* Una iaia s'ho llegia amb escepticisme. Travessà la plaça del País i buscà Arquebisbe Mayoral.

El policia de la porta ni s'adonà de la seua entrada, tenia la mirada perduda entre les cames d'una pomposa minifaldera. Butxana extragué el carnet d'identitat de la cartera per tal que l'oficial de la finestreta del rebedor prengués nota de les seues dades. Un jove policia l'acompanà al despatx del comissari. El jove picà la porta i Garcia concedí el permís.

El comissari estava llegint el diari. Dins l'habitació es notava l'oratge sintètic però fresc de l'aire condicionat.

—Enhorabona, comissari —féu el detectiu forçant un semblant amable—. Hui és el seu dia per partida doble.

Butxana desplegà una funda de plàstic on anaven el secreter i l'Omega. Garcia dissimulà la satisfacció encenent una cigarreta. El detectiu n'agafà una altra.

—Quina operació més brillant la de vostès en l'assumpte del segrest. Sí senyor, impecable. Per cert, comissari, m'ha cridat l'atenció una cosa que he llegit als diaris: es tracta de les bales. Segons la premsa, la policia féu servir en el moment de l'assalt, bales de calibre 9 mm, una munició que no solen gastar vostès.

—¡Periodistes...! —féu Garcia amb un gest de fàstic mentre obria el secreter. La musiqueta no sonà i el comissari el sacsejà en l'aire diverses vegades—. ¿Què passa?, ¿per què no sona?

—S'haurà desbaratat, com que ha fet tant de trajecte...

—¿Ah, sí?, ¿d'on ve?

—Ja li ho detallaré en un informe.

—¿També les senyes físiques del pispa?

—Impossible, comissari. A més, ara deu trobar-se a Califòrnia.

—Garcia s'alçà de la cadira, desplegà el diari per les pàgines centrals i voltà la taula per a posar-se al costat del detectiu.

—Mire, Butxana, els terroristes que segrestaren el senyor Calabuig eren delinqüents i traficants de cocaïna. És a dir, que vostè protegeix terroristes i, per tant, podria ser acusat de col·laboracionista.

—Un moment, comissari, no s'embale. Jo no m'ocupe ni de traficants ni de segrestadors, no vulga encolomar-me tots els casos que passen a la ciutat —el detectiu es posà dret i s'encarà a Garcia—. Però, ja que pretén acusar-me de terrorista, li donaré la meua opinió al respecte. Vostè i uns quants més que tenen un bon despatx en aquesta comissaria, no fa molt de temps que eren a la brigada político-social. S'ho passaven pipa, ¿eh, comissari? Hòstia per ací i corrent elèctric per allà, paleta que no pixa en un bon grapat de dies. D'això poden parlar fins i tot diputats, que, mira per on, estan d'allò més contents de veure'l de comissari. ¡Què hi farem!... el canvi. Però és igual, a mi tant se me'n dóna el canvi com que se li arregle l'esquena a la geperudeta. Jo no entenc de política, però això no vol dir que m'agafe per idiota. Em posa frenètic que un bòfia intente prendre'm el pèl...

—Butxana, vaja-se'n d'ací. Isca abans que...

—Me n'aniré quan acabe de parlar, i molt d'ull, comissari, tinc moltes coses a dir sobre segrests i altres casos que podrien ser una bomba en aquesta ciutat.

—¿Què pretén dir-me?

—Vull dir que no és ací l'únic lloc on passen certes coses. Li posaré un exemple d'actualitat; l'altre dia ho vaig llegir al diari, el Menahem Begin, ex-primer ministre de l'estat d'Israel i terrorista quan era jove. Quina broma, comissari. ¿Qui m'assegura a mi que el terrorista que vostè persegueix ara no me'l faran ministre de l'interior el dia de demà? ¿Qui li anava a dir, a vostè, fa uns anys que cobraria d'un govern socialista? Un embolic, comissari, açò de la política, però a mi deixe'm tranquil. Jo visc la meua vida com puc, més bé o més malament, però és la meua. No tinc necessitat de perdre el cul darrere de reformes i canvis. En fi, comissari, jo no participe del carnestoltes, però meresc un respecte, encara que siga per la meua condició de ciutadà, o això pense. Hui treballe per a vostè i demà per al bisbe de Tortosa, el cas és guanyar-se la vida. Ja sap les condicions: el vint per cent del material recuperat. Són cinquanta mil pessetes, si vol em paga i si no es fa una copa.

Evidenciant un enuig, Garcia es dirigí a la taula i obrí un calaix.

—Li pagaré, Butxana, li pagaré, perquè, a gentola de la seua classe, és preferible pagar-los per a no tornar-los a veure, i també perquè em fa pena; aquestes pessetes li poden resoldre uns dies del seu migrat futur. Vostè en té molt poc, de futur.

El comissari omplí un xec i l'arrancà enèrgicament del talonari. En aqueix moment, l'intèrfon féu un senyal.

—Sí —contestà Garcia alçant la veu.

—Comissari —l'aparell reproduí una veu entusiasta—, han localitzat el sord, el Z-69 ha localitzat el sord en una cabina del carrer Hospital.

La notícia alegrà el semblant de Garcia.

—Pose'm en comunicació amb el Z-69...

Butxana agafà el xec de la taula i isqué del despatx sense ni acomiadar-se del policia. No valia la pena, un dia o altre se'l tornaria a trobar. Ho havia llegit en un llibre de Raymond Chandler: encara no s'ha trobat la forma de poder dir adéu als bòfies.

El comissari, malgrat les preocupacions, no s'oblidà de descomptar-li les quinze mil pessetes que li havia avançat. Butxana recomptà els bitllets que li entregà l'empleat de la Caja de la Rioja: trenta-cinc mil. S'acomiadà del caixer dedicant-li un somriure.

Es dirigí cap a les oficines de COFINSA pensant en les últimes paraules que li adreçà Garcia. El comissari —i Butxana estava segur de la intencionalitat— l'havia ferit just en el punt més feble del seus maldecaps: la inseguretat dels seus ingressos. Sempre esperant que algú li encomanara un treballet. Garcia, però, no patia d'això. Hi hagués faena o no, els bòfies cobraven la nòmina. El detectiu es penedia ara de no haver-li pujat una mica més el tant per cent del material recuperat.

De totes maneres, i ratificant les paraules del comissari, les trenta-cinc mil li solucionaven uns dies del futur, i anava de camí cap als que anaven a solucionar-li uns mesos. Un respir. Una pausa que el destí concedia a Butxana i als altres. Després... aquest després estava si cau no cau; el pis necessitava una reforma i per al cotxe tenia dues solucions: o canviar-lo o fer-li una bona reparació. Millor la segona, faria durar els diners.

El detectiu caminava abstret en els seus raonaments quan un gran aldarull el tornà a la realitat. Butxana alçà el cap, els crits provenien d'un home d'aspecte de gerent que a la porta del Banco Central esvalotava el personal.

—¡Al lladre, al lladre...! —I assenyalava un gitanet que corria en direcció on era Butxana.

El moreno trotava a la velocitat que les seues cames raquítiques li permetien. No era massa, però sí suficient perquè l'executiu, entradet de greix, pogués tenir l'ànim d'anar darrere d'ell. Ànim, d'altra banda, bastant decaigut, en vista del monumental maletí que li acabaven de robar.

En un moment, al carrer tot fou molt confús. Als crits de l'afectat, s'uniren els dels vianants i els dels clients de les cafeteries que també cridaven però no sabien perquè ni a qui.

—¡Allí... allí! —féu de sobte una veu anònima però honrada.

Butxana el veié venir. Tenia uns ulls negres i astorats, la pell bruna, i s'agafava al maletí com si no tingués res més on aferrar-se.

El detectiu, per evitar una topada amb ell, entrà al pati d'una finca. Fora, al carrer, els crits augmentaven de to.

—¡Al lladre,... al lladre...!

El gitanet passà com una exhalació per davant del pati perseguit per una colla de ciutadans indignats. A poc a poc guanyava metres. La cursa emocionà Butxana fins al punt que li fou impossible reprimir el seu propi crit.

—¡Corre, xiquet!

El porter de la finca li llançà una mirada recriminatòria.

El detectiu s'explicà:

—Mire, mestre, es tracta d'un d'aqueixos morenets que no tenen el futur massa clar...

GUIA DE LECTURA

Com més sucre, més dolç, diuen. Una novel·la es pot llegir de dues maneres: quedant-nos solament amb la història o, a més, aprofundint aquells aspectes literaris d'interès que cada autor ens brinda.

Pensa que llegir un llibre de manera supèrflua és perdre l'oportunitat d'enriquir l'intel·lecte i fruir de tot allò que envolta la narració: vocabulari, estil, estudi sòcio-polític de l'època, etc... És com aquell que contempla una albada vora mar amb el nas tapat i les mans enguantades, i perd així la sentor de la mar i la suau fredor de l'arena.

Despulla, dissecciona per traure'n com més suc millor.

Ací et propose una sèrie de treballs que t'ajudaran a aprofundir aquesta novel·la. A banda, tu mateix pots inventar-te'n d'altres, tants com la teua imaginació t'hi capacite.

D'allò que es tracta és, en definitiva, que *No emprenyeu el comissari* siga un text que arribes a conèixer en profunditat. Si estàs preparat, podem començar:

1. Al primer paràgraf de la novel·la, F. Torrent descriu la por: «La roba no li tocava el cos, anava amerat de suor i pel tub de l'intestí alguna cosa...».

És difícil descriure els sentiments; això no obstant, intenta descriure el goig i la pena.

2. L'autor empra un llenguatge col·loquial amb expressions com ara: «Son pare, dies abans d'anar-se'n a l'altre barri...».

Extrau-ne aquelles que més t'agraden i escriu-ne el significat.

3. L'escriptor fa una descripció del Nis per damunt damunt. A partir d'aquestes dades, fes una caricatura de l'esmentat personatge.

4. Segons se'ns diu a la novel·la, al xalet de Godella hi havia roses i gardènies. ¿T'agraden les flors? ¿Quants noms en coneixes? Escriu-los.

5. També hi havia, al xalet del comissari, arbres fruiters. Vegem ara com estàs en agricultura: fes una llista, almenys de cinc, de fruites que venen en cada estació de l'any. (Vull que tingues en compte que ara, amb açò dels hivernacles i les cambres, hi ha tota classe de fruita durant tot l'any). Però es tracta que preguntes a casa què donava el temps abans, pel que fa a la fruita, quan les coses venien pel seu peu.

6. Continuem al xalet encara. Se'ns ha descrit per fora, però no per dins, cosa que faràs tu tot seguit. Sabem que és una construcció de principis de segle; els amos juguen una partida d'escacs a la sala mentre escolten Mozart. ¿Com és la sala?, ¿hi ha quadres?, ¿llums?

7. Parlant d'escacs, F. Torrent diu que aquest joc és per a gent allunyada de la fogositat dels anys joves. ¿Hi estàs d'acord? Raona la teua resposta.

8. Al text que ens ocupa apareix un refrany: «gos que no lladra, mossega». Diuen que tots els refranys són vertaders perquè ha estat la saviesa popular qui els ha dictat a força de vivències repetides. Però, potser tu no estigues d'acord que tots s'acompleixen. ¿Quins són els refranys en què no creus? ¿Per què? Fes-ne un raonamet que ens convença i els llevarem del refranyer popular.

9. La dedicatòria de la novel·la vessa materialisme per tots els cantons: «Xiquets, la societat està dividida en dues classes: els que tenen diners, i els que no

han perdut l'esperança de tenir-ne. I el que diga el contrari que ho demostre».

¿Pots demostrar-ho? Fes-ho; si no, deixa l'espiritualisme per a un altre moment.

10. ¿Quins són els escenaris principals on transcorre la novel·la?

11. Treballem ara el vocabulari. Obri el llibre a l'atzar, tria un paràgraf i reescriu-lo canviant-ne els qualificatius i els verbs per uns altres de sinònims.

12. El mateix text d'abans com a base. El que faràs ara és convertir-lo en prosa poètica, enriquint-lo amb tots els complements que trobes adients per donar-li el toc de color i sensibilitat desitjats.

Te n'hauràs adonat que, per a dir substancialment el mateix, has necessitat el doble de text.

13. Abans has fet una caricatura del Nis. Elabora a continuació un perfil psicològic de dos dels personatges centrals.

14. Però n'hi ha més, de personatges. ¿Quins són els principals? ¿I els secundaris? ¿Te n'has deixat cap? Repassa-t'ho.

15. Ben bé podríem partir la novel·la en dues perquè hi ha dues trames que finalment convergeixen i que lliguen el personatge del detectiu, Butxana. Destria-les i fes-ne un resum.

16. A la pàgina 185 llegim: «L'Americà es precipità a l'interior, es féu a un costat i...» És el moment que el detectiu i els seus amics alliberen Fede, i on l'acció és protagonista destacada. ¿Per què no intentes escriure'l de bell nou marcant encara més el dramatisme?

Pensa que els adjectius t'ajudaran a donar color i teatralitat al text.

17. Parlant de teatre. Tornem al paràgraf d'abans. Perfectament podria ser una escena de la tragèdia que esteu muntant al centre d'estudis. Tens els personatges i l'acció, només et queda buscar un títol i escriure els diàlegs. Quan vulgues.

18. «Més val menjar en pena que treballar a gust», diu F. Torrent. És una bona sentència, ¿no trobes? Trenca't un poc el cap inventant-te sentències d'aquest tipus.

19. La plaça de l'Ajuntament de València ha canviat de nom diverses vegades. ¿Saps quants noms ha tingut? Escriu-los.

¿Qui era alcalde de València quan retiraren de la plaça l'estàtua del general Franco?

20. Graham Greene i Marcel Proust són dos escriptors que apareixen a la novel·la. Interessa't a saberne un poc d'ells.

21. Fes el mateix amb els pintors que cita Torrent: Miró, Tàpies, Mompó, Maria Montes.

22. A banda de Mozart s'anomena també un altre músic, en aquest cas català: Pau Casals. ¿Saps qui era?

23. Solament ens resta ja que dónes la teua opinió sobre la novel·la. Fes un petit comentari sobre els aspectes positius i negatius que hi has trobat.

Si has fet tots els exercicis que et recomanava estic ben segur que *No emprenyeu el comissari*, a banda

de distraure't t'haurà ajudat a aprofundir un poc més les característiques formals i d'estil de la novel·la, a més d'estudiar un poc la realitat sòcio-cultural que envolta els fets.

Però ja he dit abans que tot el treball, si vols, no acaba ací. Ací acaba el meu, però tu tens encara molt de camí per davant. Avant, doncs.

VOCABULARI

acotar: aproximar una cosa a una altra. Abaixar, inclinar.
acurada: cuidada, feta amb gran cura.
àcrata: partidari de la supressió de tota autoritat.
adés: fa poc de temps, fa un moment.
agram: gramínia molt comuna en camps i terrenys abandonats.
aixella: part inferior de la juntura del braç amb el cos.
aliè: d'altri. Estrany, que no té cap relació.
amerat: completament mullat.
àpat: esmorzar, dinar o sopar per celebrar algun fet.
astorat: espantat.
atansar-se: apropar-se fins a establir contacte.
atrafegat: ocupat en un treball dificultós i urgent.
avinentesa: ocasió, oportunitat.

bardissa: tanca feta de canyes, pins, esbarzers, etc.
bec: boca còrnia d'alguns animals, com els ocells.
bellugar: moure una cosa desplaçant-la lleugerament.
bressol: llit d'infant. Lloc de naixença d'alguna cosa.
burilla: punta de la cigarreta.

caire: aspecte, fesomia.
calfred: sensació de fred i calor característica d'algunes malalties.
canell: puny de la mà.
capficat: consirós, preocupat.
cel·la: presó.
celler: lloc on s'elabora i guarda el vi.
cruïlla: encreuament, cantonada.

deler: anhel, desig vehement, passió.
dempeus: dret, descansant sobre els peus.
descopronament: trencament del copró, extremitat inferior de l'espinàs.
desori: desordre, confusió.
displicent: desinteressat, que no troba gust en res.

eixarrancades: amb les cames completament obertes.
embadalit: extasiat, encantat, encisat.
empremtes: Senyals que un cos premut sobre un altre de més tou deixa sobre aquest.
ençà: en direcció on som. A partir d'un moment passat.
engegar: posar en marxa alguna cosa, disparar, llançar.
enlloc: en cap banda.
enllustrador: el qui té per ofici enllustrar el calçat.
ensumar: aspirar amb força l'aire pel nas, olorar.
entabanar: induir algú a fer qualsevol cosa amb promeses enganyoses.
entelar: recobrir d'un tel que minva la brillantor.
entotsolar-se: fugir del tracte o companyia de la gent; quedar-se absort amb els pensaments propis.
esbargiment: temps per a la diversió i l'oci.
esbrinar: cercar la veritat, indagar, analitzar.
escacs: joc entre dos jugadors, sobre un tauler, i amb setze peces cadascun d'ells, i que consisteix a matar la peça fonamental del jugador contrari, el rei.

escorcollar: examinar amb deteniment, escrutar.
escurabutxaques: el qui o allò que ens fa desprendre de tots els diners que disposem.
esglai: por causada per la imminència d'un gros perill.
esme: Aptesa per a fer instintivament alguna cosa.
esmenar: millorar llevant les imperfeccions, corregir.

estabornir: fer perdre algú els sentits d'un colp.
estona: espai de temps d'alguna durada.

flaire: olor.

gafarró: ocell de plomatge verdós amb ratlles negres i blanc el ventre (*serinus canaria*).
garbera: pila de garbes. *Fig.* quantitat apreciable.
gaudir: complaure's amb alguna cosa.
grinyolar, grinyol: crit de dolor del gos i altres animals Soroll estrident causat pel fregadís extern o intern en alguna cosa.
guany: allò que hom guanya.

jaç: llit o cosa disposada per a jaure-hi al damunt.
junça: jonça, planta herbària medicinal que es cria als llocs humits.
magatzem: local destinat a depositar-hi mercaderies en gros per a guardar-les o vendre-les.
malfactor: que comet actes criminals.
malgrat: sense que ho impedesca l'oposició, a pesar de.
maluc: cadascun dels dos ossos que formen els costats de l'anca.
manifasser: que maneja arbitràriament afers que afecten una col·lectivitat o altres.
molsut: prominent, bla, tou, carnós.
neguit: inquietud, molèstia, impaciència, desassossec.
oligarquia: govern en què el poder està en mans de pocs.
pencaire: que treballa molt i durament.

restret: restrenyit, estat dels budells en el qual l'evacuació és infreqüent i difícil.

rinxolar: roncar.
rònec: distant, sec, sense ganes d'establir conversa.

safata: peça plana i de vores de poca altura per a portar diversos objectes, com gots, tasses, plats, etc.
sagí: greix.
sorneguer: que dissimula la seua mala intenció, irònic.

tibar: estirar, allargar.
tísic (tisi): tuberculosi pulmonar.
tòfol: cabut, que no fa cas, que va a la seua.
tòtina: cap gros.
trau: obertura en la tela per a fer passar els botons.
trellat: coneixement, cordura, seny.
trepidència: esclafit, soroll fort, pet.
trontollar: sacsejar, oscil·lar, sotbatre.

urpa: ungla aguda i encorbada com les d'un gat o un ocell.

vímet: branca de la vimetera, arbust que habita a les vores dels rius i que s'empra per a fer mobles, cistells, etc.

xacarandes: flors.

ÍNDEX